文治
© wénzhì books

U0830888

希望之罪

のぞみ

[日]
雫井脩介
しずくい　しゅうすけ
——
著
代珂
——
译

四川文艺出版社

图书在版编目（CIP）数据

希望之罪 /（日）雫井脩介著；代珂译．—成都：四川文艺出版社，2021.5
ISBN 978-7-5411-5910-7

Ⅰ．①希… Ⅱ．①雫… ②代… Ⅲ．①长篇小说－日本－现代 Ⅳ．①I313.45

中国版本图书馆 CIP 数据核字（2021）第 052913 号

NOZOMI
© Shunsuke Shizukui 2016, 2019
First published in Japan in 2016 by KADOKAWA CORPORATION, Tokyo.
Simplified Chinese translation rights arranged with KADOKAWA CORPORATION, Tokyo through BARDON-CHINESE MEDIA AGENCY.
著作权合同登记号 图进字：21－2021－155

XIWANG ZHI ZUI
希望之罪
［日］雫井脩介 著 代珂 译

出 品 人 张庆宁
特约策划 单元皓
责任编辑 陈雪媛
责任校对 汪 平

出版发行 四川文艺出版社（成都市槐树街 2 号）
网 址 www.scwys.com
电 话 028－86259287（发行部） 028－86259303（编辑部）
传 真 028－86259306

邮购地址 成都市槐树街 2 号四川文艺出版社邮购部 610031
印 刷 嘉业印刷（天津）有限公司
成品尺寸 145mm × 210mm 开 本 32 开
印 张 10 字 数 181 千字
版 次 2021 年 5 月第一版 印 次 2021 年 5 月第一次印刷
书 号 ISBN 978-7-5411-5910-7
定 价 46.80 元

版权所有·侵权必究。如有质量问题，请与本公司图书销售中心联系调换。010-82069336

目 录

1

“外墙的砖要亮色，时间久了会越来越有味道。在玄关开个天井，光照充足，设计上就统一成明快的南欧风格。

“客厅跟开放式厨房一体，宽敞、豪华到让人联想到纽约的那种高级酒店，配上最新式的中岛式厨房，方便实用。卧室嘛，风格要偏巴厘岛的度假酒店，在里面能感受到亚洲风情的舒缓。

“还有浴室，要宽敞舒服，带窗户，可以边泡澡边欣赏室外景观。当然了，外面不能看到内部隐私，这就不用说了吧……

“然后，楼梯要螺旋式的比较好。那种很时尚的。”种村夫妇是客户，妻子最后补充这句话时，语气里有着刚才对中岛式厨房一样的执着。

“明白。”石川一登放下笔，摸着下巴上剃得很短的胡子。笔一直拿在手上，却几乎没往笔记本上记录什么。

九月已过了上旬，日头高照时暑气依然逼人，不过快傍晚时，工作室里也能隐约感到室外的空气正变得柔润。一登拿起空调遥控器，将冷气的强度稍微调弱了一些。

夕阳西下，靠窗的工作台旁，助手梅本克彦正埋头制作建筑模型。

“你这条件一个接着一个，跟做梦一样，也不可能都实现，人家设计师也很难做的呀。”丈夫在一旁苦笑着责备妻子，同时向一登投来寻求赞同的目光。

“定制设计不就是该这样吗？”妻子露出茫然的表情，反问道。

“我的意思是，你玄关要南欧风，客厅要纽约风，卧室又要巴厘岛风情，这样的大杂烩，听了更不知道该怎么设计这个家啦。”

“怎么啦，不行吗？”妻子不服气地噘起了嘴。梦想中的私人豪宅眼看就要成为现实了，妻子的心情似乎比丈夫更为急切。

“嘿，石川先生，我呀……”丈夫看向石川一登，“基本上，我看细节什么的都交给您，最后效果才好。房间不要各顾各的，要统一起来。嗯，真要说的话，外观上我还是比较喜欢复古民宅那种厚重的感觉。”

“都统一成复古民宅的风格，那客厅什么的气氛简直压抑得不行。我娘家房子就是从前那种农家造型，我可是受够了。房间各有各的特点可以体验不同的氛围，家做成这样为什么不好？要我说，这定制住宅，不就是应该完美地实现这些奢侈的想法吗？”

“不对不对，像你这样什么都要强加进来，是注定要失败的……是不是，石川先生？”

“才没那回事呢，是不是，石川先生？”

客户夫妇之间这种心理上的差异，在一登二十多年的定制住宅的从业经验里已是屡见不鲜了。这是一个必经的阶段，一登只要打着哈哈从中调停就好。

“那容我插一句嘴……可以说二位都对，也都错了。”一登接过了话茬，“当然，您只要告诉我，在什么地方花多少预算，要求我做个复古民宅，剩下的我凭自己的感觉也可以按要求完成任务。或者按照夫人说的，建造一个满足各种条件的家，也不是什么天大的难事。但是，仅凭这些来盖房子，注定要失败。换句话说，这建造住宅的必要条件，只有建筑师的品位是不够的，全靠客户的梦想和希望也不够。”

“所以说两个都要有？”

一登听丈夫开口，摇了摇头道：“不是，就算综合了二者也仍然不够。”

“您的意思是？”

“打造一套住宅，首先必须考虑的，就是住在里头的人们的生活方式，他们的家庭形态。”

“家庭形态？”桌子对面并肩而坐的夫妇互相看了一眼，神情显得有些似懂非懂。

“没错，”一登继续道，“比如说，夫人您刚才提到，要在浴室装窗户，享受景观。我也常常接到这样的要求，实际也做过很多这种浴室。但是我必须先考虑家里每个人的入浴习惯，否则就做不好。在浴缸旁边开窗户，景观做得再好，可万一所有人几乎都是晚上才泡澡，那只有在打扫浴室时欣赏美景了。有时候，真是会有这样叫人哭笑不得的结果。”

“嘿，就是嘛，”丈夫说，“我们家只有晚上泡澡，我自己更是蜻蜓点水，对于浴室，完全不用那么下功夫嘛。”

“我可还想泡半身浴，慢慢享受呢。”妻子反驳道。

“那又怎么样，你还不是晚上泡？”

“又不是只能晚上泡。”

“怎么，我一大早出门工作，你还要在家里优雅地泡个澡？”丈夫调侃了一句，朝一登笑笑，“真是的，有预算也不用都花在这种可有可无的享受上嘛。”

“也不一定。泡澡当然重要，也有方法，比如在窗外规划一片小型绿植，做一些光照以供夜间观赏……”一登略带苦涩地笑着，将这对夫妇的针锋相对看在眼里，“不过，浴室装上大面积的窗户，到了冬天肯定降温降得更厉害。如果家里人的入浴时间相隔太久，好不容易暖起来的浴室就又凉了。有一些客户，实际居住过后才对我说，他们觉得那是美中不足。”

“唉，我们家都是各自随意，我洗澡的时间就很晚。就是睡前简单泡一下那种。到时候水不热就很费事了，要是浴室本身再冷的话，等水烧热的时间里该冻感冒了。”

“那你早点进去泡不就行了。”妻子不乐意地插嘴，“哪次不是让你早点洗，还不是怪你自己，又是啤酒又是烫酒，磨磨叽叽的。”

“那没办法，”丈夫笑了，“我就靠那点儿乐子活着了。”

“没错，”一登此时再次接过话题，“您说得一点没错，自己热爱的东西，希望您可以继续热爱下去。不提倡为了房子而改变爱好。如果改变自己的生活方式而去迎合房子，就跟住那些事先定好了结构的商品房没什么两样了。”

“你看你看，”丈夫一副自豪的神情，“说得太对了。”

“只不过，就好比先生的幸福时光是晚上小酌的时候，对太太来说，入浴的时间就相当于享受的时间，您也想重视，是不是？”

“就是的，”妻子狠狠点头看着一登，仿佛希望他能更加理解自己，“在我这儿也是一样的道理呀。”

“这样一来，普通的浴室设计就有些难以满足需求了。景观不错的窗户自然也是个办法……不过您看，如果您想把那儿当成放松解压的场所，就比如吧，有时候只要在室内四角设计香薰烛台，或许就能满足需求。”

“呀，香薰……”妻子的语气一下子又软了下去，“那也不错啊。”

“那不挺好的嘛。那样还更便宜。把省下来的钱花在别的地方才比较明智。”

“也是。”妻子顺从地点了点头。

“所以，像这样的问题就是一个例子。”一登继续自己的话，“打造住宅时最为重要的，就是夫妻二人乃至整个家庭会如何生活，以及将来的人生计划是怎样的。定制住宅，说白了，就是让房子成为家庭形态的实体。看到房子，就知道生活在里面的家庭成员们，有着怎样的生活习惯、兴趣和性格。它是建筑师的作品，但实际上又不是。它就像一面镜子，映照出了生活在其中的人们。比如在同一块地皮上，以同样的预算让同一个建筑师去建造房子，住的人不同，造出来的房子必然也不同。而那些商品房，只是把一个个形态雷同的房间凑到一起，在我们看来，那完全是不可理喻的。”

“嗯——”丈夫边听边露出难堪的笑，仿佛思想上受到了再教育，“怎么说呢，感觉挺有哲理的……我之前只认为建造住房不简单，现在看来不上心是肯定不行的了。真是个大难题呀。”

“想营造一个舒适的家必然不简单，”一登笑着回应，“我有很多客户，房子的建造就成了一个契机，让他们重新审视自己的家庭和以往的人生。这还真就是个哲学问题。”

“我听着感觉头好晕。”妻子带着叹息道。

“但也不能因此而退缩，那就太可惜了。因为，如果盖出一座适合一个家庭的房子，那么绝对可以保证，住进去后的生活质量将比您迄今为止的都高。我说这话并不是为了做生意，而是我觉得，如果您真有那个意愿，我希望您一定要挑战一次试试。”

“石川先生没有一味迎合我们，而是把难点什么的都告诉我们，反而更值得信赖。”丈夫以感慨颇深的语气道，“我们已经想好了要自己盖房子，也看过您的网站，感觉不错才来咨询。听完您刚才的话，我就决定这次要请您费心了。”

“你看你又随便做主。”妻子虽这样讲，但从她略带玩笑的口吻中，一登感觉到她并没有什么反对的意思。

“谢谢。”一登爽快地道谢，带着一丝极其细微的笑。

“如果方便的话，二位要不要来参观一下？”

经过一番闲谈，种村夫妇的人生观以及当下对于居住环境的想法已经大致掌握。根据谈话内容规划出总体设计框架，从中捕捉住宅建造的主题和概念等内容，这就是一登的方法。这些都定好后，依次关注各种细节，最后还要聊一聊鞋子有多少双，衣服有多少件，以作为设计收纳的参考。

不过一天时间不可能把具体细节全问清，谈了一个多小时，一登便找了个合适的时机结束谈话，邀请他们参观自己的住宅。

“可以参观吗？”

“当然可以。如果是其他客户的房子，那必须事先求得许可，我自己家就没那个必要了。只要是来找我做设计的，我都会让他们参观一下。”

“那我们就不客气了。”

“请，请。”一登边说边起身。

“如果高山建筑那边打电话过来，就上家里来叫我一声。”他嘱咐了助手梅本一句，出了工作室。

工作室有二十五六平方米，一登自己的家就在旁边。家里土地面积总共二百五十平方米，他就在住宅边建了一座独立的小屋作为工作室。

他的家和工作室坐落在埼玉县户泽市南部，跟东京相邻的一处平缓的丘陵上。四周林立着建筑商们盖起来的房屋，不管日式也好西式也好，都是些完全同质化的住宅，谈不上什么好坏。如果在东京吉祥寺或者石神井一带，一登设计的这栋宅子或许也并不那么起眼，但是在这附近，客观来说，光是将混凝土和石砖相结合的时髦创意就大放异彩了。针叶树和加拿大棠棣提供了清爽的视觉效果，这也是一登设计并亲手栽植的，给整栋宅子的外观加了分。所有这些，对于那些正在为找哪个设计师而犯愁的来访客户来说，必然是极具说服力的宣传材料。

“哎呀，这房子真漂亮。”

“这个建筑面积不到一百平方米，就面积来说，我想这房子跟您家的情况应该近似。这是十年前建的了，现在应该可以做得比这更好。”看着夫妇二人抬头望着房屋的外观发出赞叹，一登十分自然地说道。

“来，不用客气。请进吧。”一登打开玄关的门，邀请他们进屋。

“打扰了……啊，感觉好像避暑地的别墅一样。”

“现在这个时间，光照可能不那么好了，白天的时候，上面进来的光照很充足。”孩子们似乎已经放学回来了，地上散乱地放着他们脱下的鞋子，一登动作自然地把鞋子摆到一旁，同时解释道。

“真不错。”夫妇二人赞叹着打量四周，一登招呼他们“请进屋”，将拖鞋摆在了下沉式玄关的台阶上方。

“这里就是客厅。”

他领夫妇二人走进四十平方米的客厅。意大利餐桌紧挨着中岛式厨房，妻子贵代美正坐在那儿工作。她的脚边躺着一条迷你腊肠犬——曲奇。

“打扰了。”

“哎呀，欢迎。”面对夫妇二人的招呼，贵代美略显慌张地摘下眼镜。

“没事的。”贵代美正打算起身，像是要去泡茶，一登语气温和地制止了她。

“嗯，您忙您的。”夫妇二人有些过意不去地说道。

“是吗……那不好意思了，招待不周。请随便看。”贵代美微微含笑道，随后视线再次投向手边的稿件。

“我爱人的工作不像我，她做出版相关的工作，有截稿日什么的。”

贵代美本是建筑类杂志的编辑，也因为这层关系和一登结缘。如今她已从公司辞职成为一名自由审稿人，接一些散活儿。这种工作的不足之处是相比付出的劳力收入偏少，但是可以在家里工作，要说奢侈也够奢侈，这样她既可以恰好地享受生活，又能够继续工作。

“啊，中岛式厨房！”种村夫人的目光停留在德国不锈钢厨台上，“真气派。”

“种村夫人在考虑中岛式厨房。你觉得好不好用，实际感觉怎么样？可以跟她说说吗？”一登站在妻子身旁对她说道。

“这个嘛，”贵代美放下笔抬头道，“挺方便的。我觉得收纳的空间如果能再大一些就好了。”

“孩子们还小的时候倒是刚好，”一登补充道，“现在哥哥上高一，妹妹初三了，不仅餐盘多了，还要让他们带便当去学校，光饭盒就得准备好几种……”说完又补充道，“这些话，都是我爱人常常跟我抱怨的。”

种村夫妇咯咯地笑着。

“不过，孩子的成长必须得考虑，”种村先生带着仍未散尽的笑意说道，“我们家那个虽然还小，长大也就是一眨眼的工夫。”

“唉，真的是，一点没错，”一登应道，“我那儿子不久前还是个小不点，现在已经完全一副大人模样，说话也没大没小的，什么不干父母的事啦，是他的自由啦。”

“哈哈哈。”

“那些事不提也罢。建造房屋时，孩子的成长是必须时刻计算在内的重要问题。我们家厨房的收纳是让孩子妈妈费了不少心思，不过孩子们的房间做的是可以随着成长而做出改变的设计。”

“哦，那是什么样的啊？”

“我带二位看看吧。”一登说着，抬腿迈向在客厅一角向上延伸的楼梯。

“可惜我们家不是螺旋式楼梯。”一登借这句话逗乐了夫妇二人，他又继续道，“不过楼梯放在客厅，再配合天井，既能让客厅空间宽裕，又能跟二楼保持联系。在家里生活的都是家人，使用隔音的墙壁，我觉得并不是什么好事。人们希望在不同的空间中有不同的心境，而墙壁只是用来分隔空间的东西，我认为没必要做成完全密闭的。所以，我一开始就在小孩房间的墙上开了洞，出入口也用的折叠拉帘，可以很好地传音，从客厅喊也听得很清楚。这种亲近的气氛很重要。”

上到二楼，有一处开阔空间摆放着绿植。从那里可以通向阳台。儿子规士的房间就在旁边，里面传出了音乐声。

“那阳台和孩子们的房间也相通。在这里打理绿植的时候，就像现在这样，能够听见屋里的音乐声或者说话声。这样就知道，哦，孩子正听音乐呢，或者正跟朋友讲话呢。”

“有道理。”

一登往孩子房间的门口走，指着墙上一处已经被海报遮住的圆洞：“请看这墙，其实是打通了的。以前夜里时，可以通过这个看看孩子们睡得好不好，不过现在孩子也到那个年龄了，开始提什么隐私，洞也给封了起来。”

听着夫妻的笑声，一登轻轻敲了敲门口处的墙壁。

“进来咯。”打完招呼，一登一拉开折叠帘就听到里面不耐烦的咂嘴声。朝屋内一瞧，规士躺在床上，手里拿着耳塞。

“请进，请进。”一登大方地进去，又招呼夫妇进屋。

“打扰了……哎呀，这房子真好。”

“打扰了。你好。”

面对种村夫人面带微笑的招呼，规士稍稍避开视线，点了点头，简短地应了个“好”。

他的声音低沉，和脸上尚存的稚气并不相配。他变声也快三年了，却还有些让人不习惯，哪怕现在，那种不相称的感觉也还在心里。再加上他那稚气的面庞上还挂着两三处瘀青，就更叫人难以安心了。上周末他在外面过夜，回来之后脸上就有了瘀青，不知是不是在外面跟人打架了。一登和贵代美问他做了什么才弄成那样，他也只是支支吾吾的。

一登记得自己初中、高中时也总让父母操心，也是差不多的态度，所以现在也不便多说。只不过有时候，他希望像现在这样谈正经事时，儿子能再配合一些。初中时儿子都还不像这样过分，可能膝盖受伤被迫退出足球队后有些自暴自弃了，不但从不跟客人打招呼，有一次还板着脸出了房间。

“以前小学低学年的时候，没有这些隔断。这里跟隔壁女儿的屋子并成一间。学习就让他们在客厅，房间里只放床。整个小学期间，他们一直都是在客厅学习的。”

“是太早给孩子单独的房间不大好吗？”

“不好。我觉得小学期间，最好把孩子的房间看作只用来睡觉的地方。我们家也是上初中后，才在房间里添了学习用的写字桌。唉，不过这孩子，也并没有因此就爱上学习，所以我这并没什么说服力。”一登略带自嘲地说着，种村夫妇轻声笑了笑。

“这木板墙挺好呀。这个房间好像野外小木屋，感觉很舒服。”收住笑容后，夫妇二人四下打量着房间夸赞道。

“规士，你住着感觉怎么样？”一登见规士只顾自己玩手机而不理会他与夫妇二人的交谈，便试着引导他说话。

“嗯……一般吧。”

夫妇俩又笑了，仿佛规士死板的回应反而显得他可爱。

“住在这样的房间里还觉得一般呀……这标准也太严格了点吧。”正说着，丈夫的目光落在了摆在床边的足球上。

“规士，你踢球吗？”

听到这个问题，规士轻轻摇了摇头。他动嘴想说“不”，却没有发出声音。

“不久前还踢，”无奈之下，一登只好自己补充道，“伤了腿，所以放弃了。”

“哎呀，哎呀，太可惜了。”

人家这样说，规士的表情仍无任何变化，一副不想别人烦他的样子，谈话也就不了了之。见到他脸上的瘀青，不知夫妇二人如何想？眼下的情况，多问恐怕只会让气氛更尴尬，所以他们也选择了忽视。

“那么，再请二位看看女儿的房间吧。”

种村夫妇说过他们的孩子是女孩，一登确信女儿雅的房间更具参考价值。

而且与规士相比，雅更善于待人接物。不出意料，雅似乎早已察觉到了一登等人的动静，刚一敲门，她就拉开了门帘。

“我们看一下你的房间。”

“你好。”雅的表情有些僵硬，似乎是怕生，但还是规矩地低头向夫妻二人打招呼。

“你正在学习吧？真是不好意思。”

参考书和笔记正摊开摆在雅的桌上，被这样一问，她却略显惶恐地答了声“没有”。雅的身材苗条，脖颈也很纤细，一对眼珠子滴溜溜地转着，从小就出人意料地对周围情况观察得很细致。当下面对夫妻二人，她似乎也分别投去了审视的目光。

“哎呀，这边的房间也非常漂亮。”

“还真是。”

规士的房间近似长方形，雅的却不同，是比较少见的L形，还带有阁楼，很有特色。

“这边比刚才我儿子那个要小，不过当初让他们选自己喜欢的房间时，两个人都选了这边。”

“哦，那后来怎么解决的呀？”夫妇二人听完，妻子饶有兴趣地问道。

“嗯，我本打算让他们猜拳决定，不过这孩子脾气倔，最后还是我儿子让步了。”

“哈哈真好，你有个温柔的哥哥。”

雅听了，微微一笑。

“住着感觉怎么样？”

“挺好的。”

“初三了，马上要考高中了吧？”雅的态度似乎让种村夫人很受用，她看着写字桌又换了个话题。

“嗯，是呀。”

“那可真辛苦。这附近哪个高中比较方便？”

“我想考丰岛女子学院。”

“哎呀，目标那么远大。”

见种村夫人瞪圆了眼睛，雅谦逊地摆了摆手。

“先参加模拟考看看，如果感觉太难还是得放弃。”

“是吗？真是不容易。加油。”

“嗯。”面对鼓励的言语，雅拘谨地笑笑算是回应。

规士读初中时，对学习并不如踢球那样上心，最后勉强上了当地一所中等偏下的县立高中，雅则勤奋地去上课外补习班，为高难度的私立高中入学考试备战。

其实，升初中时雅就想上丰岛女子学院，可是贵代美觉得以女儿那纤弱的身子，每天要去挤罐头似的挤地铁太可怜，所以表示了反对。这样一来，一登也不好随便表示同意。他心里很清楚，正因为自己不必在人挤人的地铁里折腾，生活才少了许多压力。

贵代美劝女儿其实不必非得在市里，靠近郊外也有许多好学校，可雅似乎并不愿意。最终，雅让步了，以高中再入学为条件，放弃了初中的考试，和规士一样进了当地的公立初中。

光看规士那样子，要谈孩子的房间对孩子成长的影响似乎并没多少说服力，可到了雅这里就是个很好的实例了。确实，种村夫妇好像也接纳了这个观点，认为建房子时孩子的房间应受重视。

“接下来那边还有浴室，要不要顺便看一下？”

“哦，一定，一定。”夫妇二人应着，对雅行礼后出了房间。

雅则礼仪端正地低头说了句“多有失礼”，目送二人出屋。

“其实啊，这浴室……”一登行至走廊尽头的浴室。他穿过兼具脱衣和洗衣功用的房间，拉开浴室的门，看向跟在身后的种村夫妇。

“哇，好大的窗户！”

浴室里，浴缸对面是一扇巨大的窗户，外头紧挨着一片约五平方米大小的绿植园地，还有用来遮挡视线的院墙。

“哈哈哈，就是这么回事。”一登略带顽皮地打趣。

“哎哟，石川先生，亏你刚才还说不大赞成我的提案……”

“嗐，就是因为这个……”一登道，“我当初也觉得浴室里有窗户比较好，所以安了一扇大的，可这到了冬天确实不易保温，玻璃也爱起雾。唉，我个人是很中意，但家里人不大喜欢。正因为这些，我刚才才那样讲。”

“哦，原来是来自您的实际体验。”

“哈哈哈，正是。”

像是受到了一登笑容的影响，种村夫妇也互相看了看，露出和睦的笑。

看起来，这笔生意还算进展顺利。——看着他们的笑容，一登这样想道。

2

饭刚煮好，贵代美用饭勺拌了拌盛到每个人碗里，先放到吧台上再从中岛绕出来，最后将碗摆上桌。

“规士、雅，吃饭啦——”贵代美抬头朝二楼喊道。

芝麻拌扁豆和煮南瓜是午餐剩下的，利索地凉拌了个蔬菜肉片，做了黄油炒芦笋和小肉肠，再配上豆腐青葱味噌汤，今晚的餐食也算有模有样了。一登体检查出了高脂血症，黄油炒菜就不让他吃了，烤了秋刀鱼代替。接下来赶紧让孩子们吃完，就可以继续工作了。——贵代美一边想着这些，一边打开狗粮罐头，往曲奇的盘子里倒。

“等一下，等着，等着。好，坐。”她让曲奇坐在盘子前，对小狗值得夸赞的顺从十分满意，然后许可道，“好，可以吃啦。”

一登工作结束后就带狗去散步，刚回来的他第一个坐在了餐桌旁。贵代美随口问道：“今天那对夫妻感觉怎么样？会找我们做吗？”

“差不多吧。”一登眼睛盯着一份建筑行业的报纸回答。

这回答听上去没什么，贵代美却能感觉到一登语气里的自信。这十八年可不是白相处了。

“哦……那不错呀。”贵代美从冰箱里取出大麦茶，倒了一杯端至餐桌边。一切终于都忙完了，贵代美自己也在一登对面坐了下来，这时雅正从二楼下来。

“哇，小曲奇，好不好吃？多吃点哦。”雅蹲在专心吃食的曲奇旁边，满脸关爱地看了一会儿，然后起身来到桌旁。

女儿像对待猫一样，爱逗弄这只毛茸茸的迷你腊肠犬玩，只是带它去散步、收拾大便之类的日常照顾却从不伸手，并且她还专门找了个像模像样的理由，说“爸爸需要运动，带曲奇散步交给爸爸最合适”。这在身为家长的贵代美看来，多少有些小滑头。

那应该是贵代美初中的时候，她负责的组里有一个女孩，一听说要解剖青蛙就咋咋呼呼，所有实验都推给了贵代美。本来贵代美也不是因为喜欢才去做，可那人光是在一旁看都受不了，结果最后还被抬到了医务室，所以贵代美也不好抱怨什么。她当时常想，要怎么养才能养出这么个大小姐来？真没想到，如今雅或许也该归为这类女孩了。

有时候她也想，早知这样，当初还不如允许她升初中时就去考丰岛女子学院，让她每天都在尽是人的地铁里“挤罐头”，锻炼锻炼。她也觉得，从这个角度来说，自己作为家长是有些宠溺了。

不过，小学时的雅比现在还要瘦弱，如果每天挤在人满为患的地铁里折腾，她绝对吃不消。女儿总是一副气血不足的模样，甚至还在学校运动会时昏倒过。

最重要的是，在贵代美自小的成长环境里，公立学校从来都是被当作第一候选，这使她偏执地认为私立学校都是温室栽培，教出来的人进入社会全然没有免疫力。

初中三年，雅也成长了不少。一个孩子长到现在这样，即便在通勤高峰受点磨炼应该也不会叫苦了。一登有客户登门时，她也能应付自如。

光看这些，如果还对雅的成长有所抱怨，或许该算是家长的贪婪了。可是，她会像逗小猫一样逗曲奇，而贵代美嘱咐她“趁还没下雨带它出去散个步”时，她每次都立刻以“我得继续学习”为由上二楼去，这让贵代美心里满是失落。这又算不上什么值得专门拿出来跟她本人说的事情，反而更让贵代美心里别扭。

之所以有这种感觉，难道是因为自己跟雅是同一种女性？有时候贵代美也这样想。还是因为看见她那样，就像看见了在自己的少女时代出现过的那些耍小聪明、自私自利、装模作样的女孩呢？她自己也不是很清楚。唯有一点可以确定，这是一种面对儿子时所没有的感觉。

“你哥呢？”贵代美问雅，后者只答了句“快来了吧”，就先动筷子吃饭了。

“对了，我哥该不会跟杏奈分手了吧？”雅边嚼边咕哝了这么一句。

“为什么这么说？”

“从暑假快结束那阵子开始，就不怎么听到他俩打电话了。”

快放暑假时雅曾郑重其事地向他们报告，说规士在跟一个叫作杏奈的女孩交往。她说两人每天晚上都要通电话。

雅平时几乎连男明星都不怎么谈论，现在这种毫不掩饰地好奇他人恋情的八卦的一面，贵代美也算是第一次接触。贵代美有些不知所措，但这话题又的确吸引人，她便也跟着雅一起要求规士拿年级相册给她们看，打听哪个是杏奈，听规士佯装镇定地介绍两人的关系。不过这只让她了解到这位杏奈是规士的同班同学，全名饭冢杏奈。

再进一步问规士，也只得到他面无表情的一句“没那回事”。规士因伤病无法参加球队活动，女孩代替足球成为他倾注热情和时间的对象，这种事并不难理解。可现在回头再一想，贵代美又觉得或许规士本就没有隐瞒，杏奈根本就不是什么关系亲密的女朋友。

暑假期间规士也偶尔在外住宿，他说是和男同学一起，对此贵代美也曾怀疑过。雅也一样在瞎猜，并且还说得头头是道。贵代美觉得自己只是在跟着雅一起闲操心，或者说是胡思乱想。暑假结束后，上周末规士又没回家。倘若他真在暑假时就已经跟杏奈疏远了，那么他也许没有撒谎，之前也不过是和男同学一起出去游玩而已。

当然，这并不意味着身为家长的她就不需要操心。上周末他回家，脸上可还带着瘀青。受伤的地方看起来那么痛，规士真是可怜，光是看着就已经让贵代美的心情糟到了极点。问他怎么弄成那样的，他只一个劲地说跟家长没关系。上小学时他什么都分享，每天跟谁一起去哪里玩什么的，如今已全然不是那么回事了。

据说，现在不像过去那样了，孩子的那种典型的青春期行为越来越少了。表面上看来，不仅不顶撞父母，还很懂事的孩子似乎更多了。

包括规士，他对贵代美等人的态度从未野蛮过，也从来没有过粗暴的行为举止。虽然他在家里稍显沉闷，但他既有玩伴又有女友，综合看来还是个极其平常的孩子。

既然这样，孩子也有孩子的世界，不要过多干涉——每当谈及这个话题，一登都如此表态。如今这也暂时成了这个家里的教育方针。有时候贵代美也想更多地去了解孩子们，但还是忍住了。

“妈，你去问问嘛。”雅似乎很在意哥哥和饭冢杏奈的关系进展，怂恿着母亲。但贵代美还是决定不予干涉。

“那些事就随他自己吧。”

贵代美平淡的反应似乎并不合雅的意。“哎，对了，”她不满地继续说道，“有时候听我哥聊的那些话，感觉还挺不放心呢。”

“不放心？”

“他说什么‘得想办法对付那小子’啊，还有‘我们不动手，人家就要来动我们’啊，类似这种……”

“他这说的都是些什么话呀？”

这是否和规士脸上的瘀青有关？贵代美心中生疑，看向一登。正好一登也瞟了贵代美一眼，这说明他肯定也听到了。只是他什么都没说，视线重新回到报纸上。

不一会儿规士从二楼下来了，对话也就此中断。规士不吭声地坐下就开始吃饭。上高中后他换了智能手机，有一阵子就连吃饭都摆弄个不停，自打被一登教训了一次后就再没拿出来过。

刚才还在嚼规士舌根的雅，眼下也不发一言，若无其事地吃着饭。

“规士，”一登将报纸合上放到背后的书报架上，开口道，“下次有客人来时，你可不可以态度再好一些？”

规士看了父亲一眼没有说话，嘴里咀嚼着刚塞进去的小香肠。

“冷不丁有人闯进来，是要吃一惊的。”为了不使气氛过于沉重，贵代美稍微替规士说了句话。

“别带他们来我房间不就行了。”规士忽地小声回嘴道。

“那不可能。”

“你带他们去看雅的房间就是了，房间结构上不也是那边更特殊吗？”

“讨厌！哥，你不会就因为我抢了那间房，到现在还怀恨在心吧？”雅插嘴道，有些故意挑衅的意思。规士似是觉得妹妹很幼稚，只说了句“我不是那个意思”，便不再理会。

“只领人看一间而不让看另一间，那是不可能的。”一登语气平静地驳回了规士，“户型格局能够适应孩子的成长而改变是一个卖点，但凡定制住宅的顾客都会对这种话题感兴趣。如果我在展示成品时说这边可以看，但那边有点不方便，那人家肯定不放心。到头来还得怀疑我，以为是我设计失败，导致房间拿不出手呢。我不是总提醒你们吗，我们家就相当于在样板房里生活。我带人去参观过以前一个客户的房子，人家欢迎不说，家里的孩子态度也比你好，还知道说‘欢迎欢迎’呢。”

“那你以后都去找那家人。”

“并不是说去了别人家，自己家就不用带人来看了。想要看房有效率，还是咱们家最合适。”

“一下子闯进来那么多生面孔，你让我态度怎么好？”

“什么生面孔，那是很重要的客户。如果爸爸接不到生意，一家人都别想像现在这样吃饭了。”

“真到了那个地步再说吧。”规士还在嘀嘀咕咕地顶嘴。

“他这是想自食其力呢。”见规士这种消极的态度，雅插嘴打趣道。

“胡说什么。真到了那一步，本来正常的生活失去常态，就连大学你们都别想上了。”

听到这话，雅当即反抗道：“那可不行。”

“大学？我才无所谓呢。”

这句稚气满溢的顶撞让贵代美不禁苦笑，一登则难以理解似的叹息道：“说的这是什么话！”

这孩子退出足球队后就一直过着没有目标的生活，全然没有勤勉学习的意思。一登身为家长看在眼里，心里种种烦闷便也隐含在了这一声叹息之中。

“就爸爸当初那个年代，不上大学，人生都很难起步，更别说现在这个社会了。你不上大学，以后怎么生活？”

“唉，以前考上大学就算有了保障，现在的孩子进了大学还得继续认真学习，要说累也是挺累的。”贵代美不想气氛越发严肃，就故意打岔，“不过，总得去试试。”

“这说明，只要你态度认真，就不会有问题。”一登这样解读了贵代美的话，“现在大学的门槛可比以前低多了。你要是努力，甚至还能保送，机会要多少有多少。”

“哥，你态度不认真，所以才不行，”雅又来打岔，“你看你还打架。”

“烦死了，闭嘴。”

受到这样一句冷冰冰的斥责，雅缩起了脖子。

“打架确实不好。”贵代美表态道。

规士并未承认过脸上的瘀青是打架所致，但眼下他也没有反驳。

“不过，我们规士心里肯定明白的。等到了时候，他也会考虑将来的事情，会好好学习。”贵代美又添了一句，算是替儿子打圆场。

“那是。真要在这种时候就想着放弃人生，我们这些当父母的那是想哭都找不到地方。”一登的态度也稍稍缓和，语气中带着一丝调侃。

“放心吧。男孩子认真起来，进步很快的啦。”

听贵代美那般生硬地谈什么信任，规士似乎很不耐烦，看他脸色就知道。一登越是讲大道理，孩子就越窘迫，所以贵代美教育规士时常常就用这种方式。

“就算我现在把你将来会是什么模样告诉你，恐怕你都不愿悔改吧？如果有时间机器，倒真该让你瞧瞧。”

一登的这句话似乎勾起了雅的兴趣：“爸，哥未来什么样，你知道啊？”

“知道。当然了，前提是按照现在这副模样继续下去。”

“那会怎么样？”

“会怎么样我就不说了。说了他也不信。”

“这算什么呀。”雅就像听见一个笑话似的乐了。

“他本人不当回事，我说也是白说。如果真能坐时间机器亲眼见到，他或许还会相信，光把父母的话当耳旁风，那说了也没什么意义。”

“不会没有意义呀。他可以记下来。十年后再拿出来对照，看看准不准，不是挺有意思？”

“未来会改变，也可以改变。”

这番话在雅听来就像在耍赖，她再次对一登表示不满：

“好啦，快告诉我嘛。”

一登自顾自地继续着自己的话，仿佛在强调问题的重点并非雅所关注的那些。

“我讲的那些你真当耳旁风是吗？你想想，如果你认真地去思考，去面对，未来也会随之改变。爸爸上学的时候，也算是个好好学习的学生。可现在回过头再看，我仍然觉得，当初如果能再多读点书，让自己更多元化一些就好了。你们还不明白，现在活跃在社会各界第一线的那些人，他们在年轻时有多努力。你们如果以为只要长大成人，自然就什么都会了，那是大错特错。现在无所事事，将来也只会变成个一无所成的人。”

规士一声不吭，只顾着喝味噌汤。不知一登的话他是否听了进去。或许他也想反驳，只不过那些大道理太大，他无从下嘴。

“那爸爸，我的将来你也知道吗？”或许觉得规士的反应太过平淡，没什么意思，雅问起了自己的事。

“你嘛，还行吧。保持现在的状态继续努力就行。”

父亲的话似乎让雅很受用，只见她嘴角无声地上扬，嘴里嚼着的南瓜似乎很美味。

当然了，雅学习不错，没有过分叛逆的时候，又有着一个普通女孩子该有的娇柔，怎么会不可爱？这个家若没有她可能早没了生气。

但如果撇开这些不看，单就拿她的“好孩子”作风跟规士相比较的这种做法而言，贵代美总感觉有些抵触。

首先，贵代美觉得男性的魅力并非在于八面玲珑。哪怕男人显得有些死板，只要心地善良，反倒是一种可爱。

规士骨子里是一个温柔的男孩。就像现在家里有体力活儿需要帮忙时，他出来帮忙从没有丝毫不情愿。让他给曲奇洗澡利索地就去洗了。最让人暖心的是，从上小学后的某个时刻起，他就再没和雅争吵、把她弄哭过。正因为他的平和，雅才常常得意忘形，对他说话没大没小的。

贵代美有预感，他现在是这样一个孩子，将来定会成为一个好男人。就成长上的期待而言，贵代美对规士比对雅的还要多。

再说学习，他也不是完全没有能力。只不过现在，他还不知道整天趴在课桌边钻研的意义何在罢了。小学和初中时，碰上好的老师他的成绩就上升。只要时机对了，他就能做好。

“不用操那个心，规士没问题的。以后一定能成为一个了不起的人。”贵代美自言自语般说道。

“真能那样就好了。”一登也仿佛轻声自语般附和。

“还是别期望太高了吧？”雅还是一副调侃规士的语气。

只有规士自己显得很别扭，沉默着，一个劲往嘴里扒饭。

站在贵代美自身的立场，她不希望说一些让规士困窘的话。孩子正值多愁善感的年纪，和他交流时总得斟酌言语。只要一登讲了孩子不爱听的话，她就想唱白脸以保持平衡。最终导致的结果就是，她内心的担忧总是无法有效地表达给对方。

不过有一点应该表达得很清晰了——眼见儿子被迫退出球队活动后的无所适从，父母都有着各自的担忧。

应该没问题。贵代美带着些许主观，下了这个结论。

3

“那么这次应该可以按计划开工吧？”

“是呀。剩下的就看老天爷赏不赏脸了。我看了天气预报，那几天好像没问题，应该会顺利。”

“那就好，那就好。之前我还有些担心呢。”

“嗯，那些用不着操心。但这次材料的变动这么大，报价可不能按原来的了。”

“这个他们也有数，没问题。”

“那就好。”

“那么接下来您多费心。”

“好咧。”

跟高山建筑公司的老板打完电话，时间已近十二点。助手梅本也停下手中的模型吃饭去了。

一登离开工作室回到家中。刚进客厅就有咖喱的香味飘来，勾起了他的食欲。只是贵代美神情似乎很凝重，她一直在等他回来。

“我说，孩子他爸……”她招呼了一声，随后将手中被揉作了一团的东西摊开来，是一张偏厚的纸。

“在规士房间的垃圾桶里发现的。”

纸上面印了字，看起来是配在刀具包装盒里的纸张。

“是刀吧？”其实光看印刷就一目了然，贵代美的语气却还是半信半疑，“他买这个做什么呀？”

“就是一把工具刀呀，”一登应道，“难道不是为了做手工才买的？”

“以前买过手工刀，还在家里呢。”

“那还是小学时买的吧？可能早就不趁手了。”

“就算他要用更专业的工具刀，找你借不就好了？”

正如贵代美所说，家里各种修修补补的杂活儿，但凡用不着专业人员的，常常都是一登亲自动手，相关工具也一应俱全。锋利的工具刀，家里也有两三把。

规士的这把刀应该是从家居用品店买来的，并不算十分专业的刀具。不过比起学校买来的手工刀，当然还是锋利许多。

“而且这孩子在学校选修的不是书法吗？”一登对规士的情况掌握得并不是很清楚，他高中的艺术课选修的似乎并非美术，“他房间里有没有什么正在做手工的痕迹，比如玩具模型或者其他一些什么？”

“什么都没有。”

关于脸上的瘀青，他本人说什么事都没有。而就在前天，雅好像才刚说过，他跟朋友打电话时讲的话让人很不放心。

但一登还是觉得这种程度的事不必在一旁大惊小怪，否则反而容易弄巧成拙。

初中和高中，本就是人生当中一段难以安稳的时期，尤其是那个年纪的男孩。他们的生活就仿佛一个摇摇欲坠的容器，装在里面的东西极具攻击性，使人难以放心。一登不是女人，不知道女性具体情况如何，而关于男性，参照少年时的自己就知道。

初中也好，高中也好，都会获得许多有意思的经历。伙伴们意气相投，即便聊着毫无意义的话题也可以乐在其中，仿佛活在一个没有罪恶的世界里。如今回想起来，他甚至不敢相信自己曾经历过那样天真无邪的时光。

不过反过来，他同样难以相信居然存在那么一个时期，自己生活在那样狭隘的世界里。

老实说，就算现在有人告诉一登人生可以重来，他也不愿重回初中和高中时代。

那时候眼前所能见的世界是那样狭隘，世间的真相也全然不懂，毫无理由地畏惧每一个陌生人。一切的一切都需要学习，单凭自己根本做不出任何成绩。俗话说“半大小子”，人少年时真就是那种不上不下的感觉。

而且，一点琐碎的细节就可以让他们感情激动，产生攻击性。对于不了解的人就更是敌视的态度。就算是对有所了解的人，前一天和后一天的态度也可以判若两人。

暴力与之相伴左右。一登还小的时候，正赶上初高中校风不好的年代，这种情况就更甚了，而且无论什么年代，哪个班级里还没一两个动不动就动怒找碴的角色？步入社会后，拳拳到肉的打架斗殴是很少见，但初高中时期那就是家常便饭。

一登本人性格并不好战，只在初三时，为了争夺课间休息时操场上的一块地盘，他们跟隔壁班男生们起了一点小争执，一登也被迫参与了一场乱斗。说是乱斗，其实就是揪着前襟或者衣领互相推搡拖拉，损失也不过是衬衫上一两颗被揪飞了的纽扣。而事后再回味，他自己都有些难以理解那种兴奋。哪怕只是互相揪住衣领，那也需要握紧拳头、挥舞手臂、调动浑身肌肉地全力以赴。那种感觉他至今都不曾忘记。

做出暴力冲动行为的经历，一登就只有那一次。课外活动时，和学长产生冲突时，跟班级里一直看不惯的某男生闹矛盾时，那种冲动也在心底翻涌过，但他都竭力压制住了。父亲总是对一登的生活态度指手画脚，对此一登其实也产生过暴力冲动，而且不止一次两次。每一次他都强压在了心底。

生存在一个狭隘的世界，竭力压抑心中暴力和性的冲动，这就是一登对于初高中这一多愁善感的时期所持有的负面想法。当然，完全的压抑很难做到，无论是在态度还是在语言上，或者是在大人们看不见的背地里，那些冲动都在蠢蠢欲动。

大人们无法完美地控制那些风险，即便是父母也不行。一登这样觉得。

贵代美怀上第一个孩子时，他一直在心里偷偷期盼那是个女孩。当然，对于出生的规士他心中并无不满。襁褓中的规士也十足可爱。但他明白，如若深究起来，潜意识里对青春期男孩所持有的态度并未改变，如果可能的话，他不希望面对那样的存在。

如今规士已长到了这个年纪，这是现实，他只有面对。

规士买了一把刀，应该是事出有因的。

假如规士内心真有着某种冲动，一登也无法控制。

只有狂妄自大的人才会认为那是可控的。

那么，该怎么办呢？

只有让规士自己去掌控。

归根结底，既为父母，便只有像父母那样去苦口婆心地劝导，这看似平庸，却已是最好的方法。一登就是这样想的。

“知道了。等他回来我说说他。”一登应承下来，深深叹一口气，内心深处的积郁也随之倾吐了出去。

当天，一登提前结束工作，早早就带曲奇散完了步，之后便一直坐在客厅的餐桌旁等规士回来。

雅一心备战考试，早已退出了学校里的吹奏乐队。她今天还要去补习班，一个人吃完咖喱后，六点出头就走了。

过后不久，规士回来了。

见他招呼也不打就要上楼，一登喊了声“规士”，叫住了他。

“我有话跟你说，你把书包放好就下来。”

一登发现规士的眉毛轻微抖了一下，他觉得那并非出于惊惶，而是因为又得听父亲唠叨，心中厌烦而下意识表露出来的。

规士在二楼磨蹭了四五分钟后终于下来进了客厅，此时他已换上了居家穿的 T 恤和短裤。

“坐下。”一登朝对面挥了挥手，规士随即拉出椅子，并在同一时间注意到一登放在手边的刀子，半边脸颊抽搐了一下。

那把刀，一登听贵代美说完就从规士房间的桌子里找了出来。刀子藏在了右上方的抽屉里，收纳盘的一角。

“这是你买的？”一登看了一眼刀子，问规士道。

“不要随便乱翻别人抽屉。”规士没有正面回答，而是不耐烦地抱怨了一句。

“那也得分场合。”一登道。

一登觉得他和规士之间弥漫着不同寻常的紧张气息，或许是因为桌上摆了一把刀。他感觉自己正直视着儿子心里的刀刃。

“爸爸也不想这样。但有人把危险的东西带进这个家，身为一家之主，爸爸不能放任不管。”

“哪来的危险？”规士不耐烦地小声叹气，“爸，这种东西，你难道没有？”

“爸爸有是因为工作。你又没选美术课，要这东西有什么用？”

“有什么用……有许多用。”

“‘有许多用’是什么用，你说清楚。”

规士似乎懒得回答，保持了沉默。

一直在厨房里的贵代美绕到桌边，坐在了一登身旁。

“你是不是在外面遇到什么麻烦事了？”她注视着规士的脸问，“跟你脸上的伤有没有什么关系？”

“都说了没关系。”规士小声答道。

“你要是真在外面惹上了什么麻烦，我们身为父母和监护人，也没办法不闻不问。”

“我都说了没事。”规士只有这一句话，不得要领的沟通在桌面上化作一阵沉默。

“只要你敢说，你是因为喜欢上了做木工或者手工，或者模型，什么都好，你是因为对做东西感兴趣才买了这个，那爸爸就闭嘴，把它还给你。”一登不知道规士究竟在外面有了什么麻烦，之所以这样说，是因为他觉得，一切都是规士终日游手好闲的恶果。

“如果你对建筑感兴趣，以后也打算和你爸做一样的工作，那我和你爸都高兴啊。”贵代美稍微缓和了语气，本想借此使气氛不要太过严肃，没想到规士的脸色却更难看了。

“别，我才不会因为规士想接我的班而高兴。我讲的也不是那个意思，更没想过那种事。”

发言遭到否定，贵代美不快地抿起嘴唇。一登并未理会而是继续了自己的话：“规士，你的人生就是你自己的。我理解那种莫名其妙就背负起了父母的期待时，内心的抵触和反感。爸爸在你这个年纪，也是一样的心情。”

一登的父亲已经过世，他以前是当地一所大学的教师。虽不是什么名牌大学，但仅仅是大学教师这头衔就足以让人另眼相待了。父亲本身自尊心也强，他的训斥教导，只让少年时代的一登内心的负担越发沉重。

“爸爸对你唯一的要求，就是不要给别人找麻烦。只要你能遵守这一点，不管你做什么，怎么生活，都是你的自由。自己的目标，自己去寻找。所以，如果你是为了制作东西而准备工具，爸爸支持。并不是因为这跟爸爸的工作有关，而是为了支持你主动去做一些什么事情。当然，如果这最终激起了你对建筑行业的兴趣，爸爸也不会阻拦，还可以给你一些建议，告诉你需要加强哪方面的学习。”

“说来说去，还不是想让我接你的班？”规士就抓住这最后的话把儿，以嘲讽的语气回嘴道。

“错。你别把这一行想得太容易了。自己没那个意愿，硬要让你接班根本不可能。”

这么一说后规士便也闭口不再多话，只轻轻耸了下肩，似乎表示他无所谓。

“总之，如果你说不清楚用途，那就暂且由爸爸替你保管。”

一登以眼神示意了一下桌上的工具刀，规士也满怀怨气地看着它，但最终还是什么也没有说。

“就这些吧？”规士冷淡地甩了一句气话就要起身。

“暑假一开始，你就经常整夜在外面溜达，早上才回家，你是跟谁在一起玩儿呢？”

“我和谁玩儿，跟你说你也不认识啊。”规士冷淡地说道。

“仲里吗？”

“那都是多久以前了！”

仲里凉介是规士初中时的玩伴，以前经常听他提这个名字。那孩子也来过家里好几次，见人知道打招呼，感觉是个不错的少年。听说他和规士上了不同的高中，而且现在二人似乎也疏远了。

“是高部他们吧？”贵代美说得好像她很了解。

“是他的高中同学？”

“总之就是和许多人。”规士生硬地结束了谈话，上二楼去了。

这状态跟青春期又不大一样。

初中时的规士虽然也抵触父母的教训，但行为举止上仍保持了孩子的活泼。那确实是青春期。

如今的规士身上没有了活泼劲儿，只剩下冷嘲热讽的态度。

因伤而被迫退出球队的事可能仍然影响着他。失去了一直以来的追求，他只能找玩伴胡乱打发时间，以此转移自己的注意力。

这并不能使内心感到充实。估计规士的玩伴们也是同样的状态，大家都没有可追寻的目标，身处相似的环境。跟那样的同伴接触得越多，摩擦反而越多，纷争不断。

一登觉得，如果规士能找到值得追求的目标，或许就可以改变沉闷的现状。他也试图引导事态朝着这个方向发展，这才说了许多。然而最为关键的规士本人却听不进去，这最让他烦躁。

对照自己年少时的心情，他又觉得，父母的话听在孩子耳里招致反感是很正常的事。说到底，只能等孩子自己发现道理，自己去改变。

一登和贵代美眼神交会，她没有叹气而是代以长长的鼻息。面对这场跟儿子之间满是分歧的交流，她无法掩饰心中的困惑，好在白天谈及刀具时的那份惊慌已从她脸上消失了。

父母对他盯得很紧，这一点他心里应该已经有数了。类似这样的问题，最好让孩子感受到一些来自家长的干涉，但也不要太过。

一登觉得，至少，经过这番谈话他会老实一些，不会再去捅什么娄子了。

4

“不容分说，他们的气势是上来了。”——贵代美盯着眼前正校对着的稿件上的这句话，轻声嘀咕了一句：“‘不容分说’……这里该用‘毋庸置疑’吧？”

这应该是用词不当。她如此判断后，用自动铅笔将“不容分说”几个字圈出来，画一道线，标注上“毋庸置疑？”几个字。然后她翻开手边的字典，分别查了“不容分说”和“毋庸置疑”的意思，注释在旁边。

没想到，这位作家名气挺大，写文章还这样粗糙……贵代美在那一页贴上小小的便笺纸，心里觉得有些意外。稿子还剩大约三分之一，看过的部分已贴满了便笺。

经过最近三天的努力，连休结束时应该可以把校对完成的稿件返给出版公司。

“白银周”的秋末五连休已经开始，但这和贵代美却没有多大关系。孩子们都大了，不会再缠她要求带着出去玩。连休期间，雅每天都在上补习班的突击课。规士也有自己的安排，一个人招呼也不打就在外玩得不着家。估计等到连休快结束时，能去的人一起去扫个墓，然后顺道看看母亲，这个假期的活动也就算结束了。

安静的客厅里，贵代美工作了一段时间，快到十一点半时她放下笔开始准备午饭。

一直趴在窗边睡觉的曲奇慢悠悠地起身来到贵代美脚边。曲奇要到傍晚才吃饭，不过贵代美做午饭时常常将奶酪等食材的边角料丢给它打牙祭，曲奇对此也很期待。

贵代美将砧板放到厨台上开始切白菜，一会儿要放进味噌汤里。菜刀在手中上下翻飞时，她意识到规士昨晚就出了门到现在还没回家。

整个暑假期间有四五次，规士都是晚上出去玩到第二天才回来。贵代美曾在他第二次那么做时指责过他，而他给出的理由是“不能丢下大家，自己一个人回来”。看起来好些小孩结伴出去玩了。规士摆出一副“高中生也有高中生的应酬”的姿态，没把贵代美的责备当回事。

暑假里一登也没有管得太严。一直到十几天前才因为刀子的事说教过一次。那一周的周末，规士就没在夜里出去玩，贵代美还以为有了效果。

可这“白银周”假期才刚开始，就在昨天，星期六晚上，他可能是受了伙伴邀约，吃完晚饭就出门了。贵代美看到他将在家里穿的短裤换成牛仔裤，还套了件薄外套下楼，就问他：“你要出门？”规士只简短地答了句：“出去下。”贵代美当即叮嘱他早点回来，得到的只是一声含混不清的回应。这样的对话在二人之间其实也算是常见了。

以前他整夜不回家的时候，一般再怎么晚，到第二天上午十点过后也会回来。到家后就一头栽到床上，不到下午两三点都不下楼来。想来是熬了一整夜，玩得都没睡觉。

快中午了都不回家还是头一次，贵代美有些在意儿子究竟在外头做什么。

马上十二点了，一登从工作室回来。午饭后他好像要去现场勘查，就是上次来家里参观的种村夫妇家买的地。

他坐到餐桌旁看了一眼墙上的挂钟，匆匆忙忙开始吃了起来。

贵代美倒了杯茶在他对面坐下，拿起自己的筷子咕哝了声：“也不知规士在干吗呢？”

“别管他，”一登夹起一块烤竹荚鱼道，“疯了一夜，现在你也叫不醒他。”

“不是，”贵代美道，“他还没回来。”

“嗯？”一登又看了一眼刚刚才看过的挂钟，无奈地板着脸嘀咕道，“不像话。”

“要不打个电话？”

“别管他。”一登果断否定后又添了一句，“发个信息。”

“嗯。”

午饭结束，贵代美没有收拾餐盘而是先拿起了手机。

“就算是长假，这也玩得太疯了。”一登咕哝着，就像要贵代美把这句也写到短信里一样，然后就出门做事去了。

刚给规士发完短信，手机就响了。是贵代美签约的那家出版公司的经理，神山静香。

一般来说，贵代美大部分的工作都通过这种公司承接。也有出版社编辑直接来找贵代美做校对，不过那样的活儿一般不会持续很久。公司分派的工作当然要收取一定的手续费，但工作量却有保证。再怎么有能力，仅凭个人名头在这一行坚持下去也是很难的。

“我就是问问进展怎么样。”

“目前没什么问题。”

“客户要求最好周五交稿。”

“可以呀。”

“是吗？那就好。这是新作品，听说完稿时间比预期的晚，我还担心需要校对的地方太多，很棘手呢。”神山似乎放下了心。

“嗯，是有不少地方需要修改，不过应该没问题。”

“正好月末打算找你做另一本，看样子时间刚刚好。”

贵代美忽然想到神山好像有个比规士大一岁的儿子，于是想找她聊聊。

“多亏您关照。唉，幸好工作方面还算顺利。”

这句半带调侃的话成功引起神山的关注：“哎，你有心事？”

“是我儿子，自打他退出了学校的足球队，总感觉有点不着调……”贵代美抱怨说儿子总是在外面过夜，说他两句吧，过了没多久又犯了。

“神山经理，你家有没有这种情况？我也弄不清究竟是别人家里的孩子都差不多，还是只有我家的是这样……”

“我们家呀，也不知该算好事还是坏事，还因为那些课外活动忙得团团转呢，感觉连玩的时间都没有。”神山苦笑道，“要我说，他一个替补哪有必要那么认真？这不，今天也是，一大早就去打练习赛了。”

“好像听你说过，他是排球队的吧……那，他暑假都忙那些了？”

“是啊是啊。你要说在外面过夜，我们家的也有，是队里的集训露营。”

“唉，那你是没什么可担心的了。”贵代美附和着，转念一想，干脆又多问了一句，“我家儿子这种情况，你怎么看？”

“有没有抽烟喝酒的迹象？”

“没见他醉酒回来过，也没闻到过他身上有酒味，那东西应该没接触过。烟味也没有，也没在家里抽过烟……不过前阵子他好像跟同学打架，脸都青了，而且他还偷偷买了把刀，也不知是打算干什么用的，最后被我老公没收了……”

“呀，那是挺让人担心的。”神山轻描淡写地回应，话语里听得出同情，“不听家长的话，估计是有人教唆，可能一起玩的伙伴里有品行不好的孩子吧。”

“我也觉得，”贵代美点头，“初中时他常带朋友上家里来，我们还知道他跟什么样的孩子玩在一起，可上了高中就不见他带人回来玩了，也可能朋友家离得远吧。”

“那说不定是把哪个孩子的家当成了碰头的地方。那种家长放任孩子的不健全家庭，现实里也不是没有，闹得再晚也没人说。”

贵代美觉得这也有可能。但应该如何应对，她又找不到答案。神山看起来也是同样想法。“嗐，等哪天他玩厌了，应该就会老实了吧？”她说得似乎有些事不关己，通话也就此结束。

贵代美继续着被中断的工作，又看了一会儿稿子。无论是替作家修改文章也好，还是在有疑问的地方贴便笺条做标注也好，她都一次又一次地走神，注意力老是转移到手机上。她满脑子都在想，儿子什么时候回短信？怎么还没回短信？

她猜测，他玩了一夜，现在可能正在某个同学家里补觉。那孩子整天摆弄手机，如果看到消息应该会回复自己，哪怕只是寥寥几个字。

他没回来休息，是不是打算今晚还不回家……这也让人很操心。连续两晚在外面混，完全不着家，这也太不像话了。不能让他再这样疯下去。贵代美觉得自己也得好好教育教育孩子，不能全凭一登一个人。

正想着的时候，家里的电话响了。看了一眼液晶屏，是春日部老家那边打来的。

贵代美的娘家现在还有母亲扶美子和姐姐聪美。姐姐大约十年前离婚回了娘家，没有孩子。

一登在岐阜的老家由哥哥打理，除非逢年过节做法事，否则贵代美和孩子们并没什么机会回去。每年春分和秋分时节的扫墓，都是去春日部那边。

不管是妈还是姐打电话来，估计也就是问问那些事情。贵代美寻思着就接起了电话。

是姐姐。

“秋分时候来这边扫墓吗？”果然，聪美是来问这些的。

“嗯，大概赶在最后一天吧，打算回去一趟。”贵代美答道，“妈还好吧？”

贵代美的母亲扶美子今年七十六岁了，身体并不好。七年前患胃癌，手术切掉了三分之二的胃，之后就瘦了一圈，并且长期身体状态不好，算是后遗症。眼见母亲沉迷于所谓的天然食品和昂贵的营养保健品，还有一些宗教方面的东西，实在让人痛心。不过若站在她本人立场上考虑，这些行为也并非难以理解。

“一整个夏天身体都不大行，”聪美描述着母亲的状况，“最近这两天好像好一些了，可以稍微走动走动。”

“空调在用吗？”

“反正我都替她打开。她一看到就要关掉，然后我再打开，就这样来来回回呗。”

母亲不喜欢空调的冷风。今年夏天，如果没有空调可着实不好过。

“贵代，妈也盼着你回来呢。”

“嗯。”

母亲信了个什么教，一见贵代美等人就要把手往他们身上贴，说那是一种叫作“净灵”的祷告方式，实在让人受不了。母亲年事渐高，能感觉到她越发温和慈祥了，这是事实。现在贵代美的想法是，能见面，陪她悠闲地喝喝茶、聊聊天便好。

“小规他们来吗？”

母亲自是图个热闹，聪美本身没有孩子，她也盼着孩子们回去玩。贵代美对此自然十分理解，可最近这两三年，她自己也不敢轻易应承了。

“雅我是打算带去，规士嘛……还不好说。”规士是不能指望了，所以贵代美提前让雅那几天别安排补习课。

聪美似乎还是不大满意。

“为什么呀？小规不是已经没有课外活动了吗？”

“是呀，不过……”贵代美先是叮嘱了一句“别跟妈说”，然后告诉姐姐，自暑假开始，规士养成了彻夜不归的坏习惯，并且今天也还在外头没有回家。

“哎哟喂，那么整夜地在外头玩，累死人了，到底有什么意思？”聪美无奈地苦笑道。

“要按他的话说呀，那叫‘孩子也有孩子的应酬’。”

贵代美的这句抱怨似乎逗到了姐姐，她又笑着说道：“看来是比我们大人忙多了。”

“我可没心情笑。”贵代美道，“也怪我，一开始没好好说他。暑假里他爸也不骂他。我感觉，可能他爸自己高中时候也在外面整晚不回家过，所以我就想着，对男孩子还是不要管得太严……”

“一登是老二嘛，你们夫妇俩在家里都是弟弟妹妹，对孩子总是溺爱一些。”

“夫妻俩在家都排行老小，所以让人不放心”“夫妻俩在家都排行老小，所以惯孩子”——这些歪理姐姐一直挂在嘴边。姐姐夫妇二人在家里可都是老大，结果也不怎么样，所以这话并没有说服力。只不过姐姐离婚的原因是丈夫屡次出轨，而且还被揪出来个私生子，贵代美实在难以拿这些事情当作顶撞姐姐的口实。

她自认为在各种教养的管教上，无论是对规士还是对雅，从小都跟别人家没有两样。但贵代美不怎么会骂孩子，这一点她内心深处也有察觉。对人严加斥责这种行为不符合她的性格，看别人家的家长那样做她也无法认可。她觉得一定还有别的方法。说实话，那样的行为甚至让她感到难堪。

要说这是溺爱，或许也是。姐姐的那些话她一直都当耳旁风，今天却如尖针般扎进了她心口。

“回头扫墓的时候你把他一起带来，我来替你好好教教他。”

其实就算真带规士去了，聪美也只会惯着他，逗弄他，腻到连规士都烦，所以她的话也只能听听。反正不管怎么说，规士不大可能跟他们去扫墓，这事也不现实。

“好好，那到时候就靠你了。”贵代美随口附和着，结束了和姐姐的通话。

“你在干什么呢？别以为放假就可以不着家，这可不行。我有事要跟你谈，不管怎样你马上给我回消息。”

规士仍然没有回信，这让贵代美很窝火。她语气更为强硬地编辑了一条消息，以往每次都带的表情这次也没有加。

这样应该能够让他感觉到妈妈前所未有的愤怒了。

放下手机，回到工作上。虽然精神上难以集中，但工作就是工作，必须完成。每看完一页稿子，她都要瞥一眼智能手机那漆黑的屏幕。不知不觉，腿也抖了起来。

她深深地吸一口气，试着放松，起身进厨房冲了杯咖啡。

水烧开了，正往滤杯里倒时，手机的提示音响了。

终于回了……贵代美感觉稍微松了口气。是刚才的短信终于有了效果，还是他刚睡醒？

她拿着咖啡杯回到桌旁，放下杯子，拿起手机。液晶屏上正显示收到了来自规士的信息。

贵代美操作手机打开了那条信息。

“对不起。我还有许多事现在回不去。不用担心。回头再给你发消息。”

贵代美一下子愣住了，她没想到，都这个时候了，儿子竟然彻底厚着脸皮说他回不来。

知不知道她在这边多担心…… 太不像话了。

就在她心里气不打一处来时，听见了有车停在家门口的声音。一登回来了。

一登似乎先去工作室转了一趟，不一会儿进了家门。

“规士说他还回不来。”一登刚进客厅，等在那里的贵代美就开口道。

“为什么？”他讶异地问。

“不知道，”贵代美答，“他说过会再发消息。”

“真是太放肆了，”一登歪了歪嘴，似乎想说这很荒唐，“给他打电话。”

“就是。”贵代美也这样认为，当然该给他打个电话。

只是，规士和朋友在一起时从不接贵代美的电话。他只会事后发消息问“什么事？”或者针对电话留言的内容回复文字消息。自然而然地，最近规士出门去玩，和他就都是短信联络了。

受一登催促后，贵代美打了电话。不过规士并没接，电话转到了语音留言，这也是在意料之中。

“我是妈妈。别说什么回不来，给我回个电话。我也不想唠叨，现在我们很担心你。知不知道？请你回电话。”说完这些她就挂了。没能和本人直接通话，这一点让贵代美感觉心里没什么底，不过她觉得，听到妈妈语气严肃，孩子总该知道好好掂量一番。

时间过了下午四点，雅从补习班回来了。

“今天晚上吃什么呀？”她这样问道，像是肚子饿得不行了。

“我看看……”以冰箱现有的材料做一些也不是不行，但若想使孩子们满意，还得出去买许多东西，“晚上也可以去外面吃，但你哥还没回来呢。”

“还没回来？是从昨天出去之后吗？”

“嗯。”

“啊，搞什么名堂？”雅说了一句事不关己的感想，“唉，感觉他已经完全堕落了啊。失去了人生意义的人真脆弱。”

“别说风凉话了，你给你哥打个电话试试。我给他打他不接。”

“发个消息不就行了。”

“也行……总之让他赶紧回来。”

雅这边刚上二楼，一登就从工作室回来了。现在还是长假期间，他今天像是提前结束了工作。

“我在想呢，今晚一起出去吃怎么样？”

“好啊。”一登应道。贵代美赶工的时候，点外卖或者出去吃是常有的事，他也习惯了。

“可是，规士还没打电话回来……”

“哼，那就不管他了。”一登这样说着，感觉他已经完全放弃了，“好啦，曲奇，散步去喽。”

他换了一条棉质休闲裤，给曲奇套上狗绳，出门散步去了。

贵代美心神难安地继续着手头的工作。

“我之所以对她的提议伸头期盼，是因为其中总有一分不拘常理的大胆。”

怎么能用“伸头期盼”呢？贵代美拿铅笔在稿纸上圈出这几个字，又画出一条线，写上“翘首以盼 or 十分期待”，笔尖的力道下意识地强了许多，她看着自己僵硬的字迹，有些发愣。

放下笔，看了一眼手机，她深深地叹了口气。

他这到底是去哪里玩了？

可能是池袋或者涩谷那些东京闹市区？

只要别学坏就行……

她又叹了口气，重新拿起笔。

虽然注意力难以集中，但她还是勉强坚持着看稿子，然后一登就带着曲奇散步回来了。

“太阳一落山就凉快了不少，风吹着挺舒服。”规士的事他干脆只字不提，坐到沙发上拿起一本建筑杂志读了起来。

日头西落，快六点时，雅从二楼下来。

“我哥他短信也不回，打电话提示已经关机了。”

“啊？”贵代美抬起头来。

同一时间，一登嘴里发出了“啧”的一声。“别管他，别管他。我看他压根儿就不想回家，今天晚上肯定也不会回来。因为这种事担心他，我们才是傻呢。”

“只要他别出事就行……”眼前的事态让贵代美难以理解，她说出了心里的不安。

“还有什么事能让他关机？”一登以略带讥讽的语气说道，“还不就是嫌我们的电话烦吗？”

“可是……”

“好了，别管他了，”一登不容分说，“等他回来，我要好好跟他谈谈。我们太纵容他了。你以后也不许再娇惯他。”

看来一登是气过头了。不过，他至少还打算在儿子回来后采取措施而不是撒手不管，贵代美想到这里，便也决定暂时先听他的。

六点过后，照顾曲奇吃完饭，三人便出门了。他们开车朝一家开在国道边的家庭餐馆驶去，半路上看到几辆警车，拉响了警笛穿过十字路口。

进餐厅后就没人再提规士了。雅起了话头，说她想去看看丰岛女子学院的校园文化节，又担心等学校放学后去是否来得及。只见她拿手机搜了半天，一会儿说“唉，可能不行”，一会儿又说“等下等下，好像可以”，一个人变换着各种表情自说自话，贵代美和一登只在一旁听着。

大约过去了四十分钟，各自吃完自己点的餐食后，他们出了餐厅。回家路上，微微震颤的车里又隐约听见了不知从什么方位传来的警笛声。

“是不是出什么事啦……”后座上一直摆弄手机的雅抬头轻声道，“嗯？”

雅口中的话没有了下文。听她的语气也不像是心里害怕。她讲话，可能自己刚说完，心思就已经转移到其他事情上了，那都很正常。事实上，她也的确是一说完就继续玩她的手机了。

贵代美感到了一丝忐忑，极其细微的，这跟雅的那番话也没什么必然联系。具体是因为什么，她也没有头绪。

这种细微的忐忑终究让贵代美联想起了出门前内心的不安，她下意识地从包里取出了手机。

规士还是没有联系她。

5

白天去看过种村夫妇家的地，近似L形，稍微有一些特殊。

那片地买在坡上，二楼的景观似乎值得期待。土地面积大约一百五十平方米，足够了。非常规地形正是建筑师展示能力的机会。

那么，要设计一座怎样的房子呢？

一登让电视开着，横躺在沙发上想着这些，脑子昏沉。现在正是连休期间，助手梅本也放假了。除了和种村夫妇见面外，一登还默默清理掉一些之前积累下来的工作，不过内心某处似乎还是有一些意识——今天是休息日。他无法像平常那样保持着长久充沛的干劲，再加上一直以来积累的疲劳，当泡完澡，紧张的情绪得以舒缓后，睡魔比平时更早地侵袭了他。

听到电话响，一登睁开了眼睛。

电视里好像正在播晚间九点的新闻。

他起身环视客厅，贵代美不在，可能正在洗澡。

茶几上放着喝了一半的水杯，他拿起来润了润嗓子。打到工作室的电话也会被转接到这边，所以声音方面不可懈怠。只不过考虑到现在的时间，一登心里盘算着应该不是工作电话，而是家里亲戚打来的。

看了一眼座机上的液晶屏，是贵代美家里。

“喂？”

“喂？啊，是一登吗？我是春日部老家的织田。”是贵代美的姐姐聪美。

“哦，晚上好。贵代美现在可能正在洗澡。”他拿着手中的无绳电话往卧室瞟了一眼，里面并没有人。

“是吗……”聪美的回应里透着犹豫，声音也一反常态地低沉，她继续道，“我有点放心不下，想问问小规回家了没有。”

“嗯？”一登不明白为何聪美会知晓规士不回家的事，一时间答不上话。

“嗐，白天时候我听贵代跟我讲的，就想着不知道现在怎么样了。”

“哦，是这样啊……”一登明白了原委，苦笑道，“我已经跟她讲了，现在先别管那小子。等他疯够了总会回来，我打算到时候再教训他。”

“那……那，他还没回来？”聪美的语气听上去更添了一份意外，并且似乎还带有一丝担忧。

“啊，嗯……”一登窘迫地应道。

他听到了对方的鼻息。一阵短暂的沉默后，她又开口了。

“刚才我看电视上的新闻，说户泽那边出事儿了，你说该不会跟规士有关吧？”

“啊？”一登条件反射地朝电视望去，电视里已经在放体育新闻了。

“什么新闻？”

“新闻……怪吓人的，我也不知道该不该说……”

一登不知道新闻的内容，她这样讲，也不知道该如何应答。他心情复杂地等了一会儿，对方像是终于下定了决心，又继续说了下去。

“说是在车后备厢里发现了尸体……一辆车半路开不动了，停在了不知哪条路上，警察觉得可疑，打开后备厢检查就发现塞在里面呢。”

“这是发生在户泽的事？”

正如她事先讲的一样，内容够吓人，也让一登哑口无言。不过仅因为这事发生在户泽，就把它和离家未归的规士联系到一起，一登心里其实无法接受。

“对对，具体位置不知道，新闻上的确说了在户泽。这是傍晚刚发生的案子，具体情况好像还不清楚。听附近目击者说，那辆不能动弹的车里出来了几个十几岁的孩子，跑掉了。”

细微的忐忑忽然间变成了心惊。

“那么车后备厢里的尸体，具体身份知不知道？”

“好像还不清楚。新闻里说也是个十几岁的孩子，那我想，要么是逃走的孩子的伙伴，要么是闹矛盾的对象……无非就这两种关系。”

一登轻轻“嗯”了一声。只是，听完她的话，再把这些跟规士联系起来，还是感觉太不真实。也可能是因为他自己并没看到那则新闻。

“唉，事情本身确实挺让人担心的，可毕竟户泽也这么大……不好说吧。”

“也是。嗐，其实我也觉得没有关系，只不过白天刚听贵代跟我提起小规的事情，再看到那则新闻，我这心就放不下去了。”

听她这样讲，一登也明白她说那些并无任何恶意。也正因为如此，他内心的不安更深了一些，但这情绪尚未强烈到无法忽视。

“不好意思啊，叫你担心了。等规士回来了我一定狠狠教训他，让他知道，连春日部老家的姨妈都替他操心呢。”

“我还跟贵代说来着，扫墓时把他也带来。我替你们好好教育教育他。”

“嗯，那到时候，一定请姐姐多费心……”

一登正苦笑着应和，身后有人说话：“谁啊？我姐吗？”贵代美已经洗完了澡，从二楼下来了。

“啊，贵代美来了，我把电话给她。”

一登把电话给她时并未想太多，待他在沙发上坐定，这才忽然意识到或许电话并不应该给她。贵代美心思比一登细很多，孩子们还小时，她会仅仅因为傍晚下起阵雨就打着伞在规士和雅放学的路上张望。看她今天说规士没回家时那副焦急的模样，一登也担心姐姐那番话她会不会太当真。

贵代美的声音在开始跟姐姐通话后越来越细，话筒还贴在耳朵上就神情慌张地关注起电视来。她一只手拿起遥控器变换着频道，试图寻找还有没有其他正在播出的新闻节目。她嘴里说出的只是一些生硬的附和，明明刚泡完澡，脸上的红晕却全都消退了。

电话挂断，感觉她连呼吸都困难了。

“你看新闻没有？”她拿着遥控器不停地变换着频道，同时问一登。

“没，我没看到。”回答过后，一登刻意舒缓了语气道，“你冷静点。你姐那样讲也没有什么确凿的根据。”

贵代美没有理会一登，她放下遥控器，深吸了一口气，却又按捺不住地拿起了摆在橱柜上的手机。

规士还是没有来任何消息，无论电话或信息。

“唉，我看还是问问警察吧？”贵代美像是下定了决心，说道。

“你别着急。”一登试图先让她冷静下来。

“但你不觉得可疑吗？两天都没回来了，又联系不上。”

“联系不上是从昨天夜里开始的，这才刚一整天呢。”一登冷静地回应道，“而且昨天白天他不是还回复你说回不来吗？你把那条信息给我看看。”

一登从贵代美手中接过手机，读到了规士发来的唯一一条信息。内容和他之前听贵代美说的完全一样，他只能在心里告诉自己，不能因此就跟贵代美一样惊惶。

“他都写了，‘不用担心。回头再给你发消息’，现在去找警察替我们寻人，你觉得他们会受理吗？”

“他是写了要发消息，可这不是什么都没有吗？”

“能让警察出动的是那种接连好多天不回家，在外头四处游荡的孩子。他今天白天还好端端地发来消息，你觉得警察能认真对待？”

“可是……”贵代美的声音更低了，“如果他真的卷进了我姐刚说的那件事，那可怎么办？”

一登本想一笑了之，可他自己也抱有同样想法，只能脸上一阵抽搐，不知所措。他感觉像是被紧紧扼住了喉咙，沉重，有些难以出声。

“你想太多了。”一登终于还是选择这样说，声音有些沙哑。

所谓的“卷进那件事”，其实指的就是成为后备厢里的那具尸体。就连一登自己，一想到这些也是坐立难安。

“既然新闻播了，证明警察已经开始查了。如果跟我们有什么相关，他们会主动联系我们。”

“只是在后备厢里发现了尸体，究竟是谁，住在哪里，现在都不知道呀！”

“新闻上那样讲，不代表警察就真的不知道。日本警察很优秀的，很可能已经掌握情况了。”

“你怎么就说得那么肯定？”贵代美语气十分痛苦，似乎仅仅进行这样的交谈她都无法做到，“我也不想后备厢里的人就是规士啊。可现在这样什么都不做，就什么都不知道，我只是想找警察确认一下，好让自己安心。”

心中的不安伴随着谈话的进行不断膨胀，她几乎已经无法承受了。

“我知道了，总之你先冷静点。”

贵代美剧烈地喘息着，表情无比焦躁。

“他怎么就不联系我们呢？”她边操作手机边嘀咕，然后将手机放到耳边，“还是关机。”说完，手无力地垂了下去。

电视上开始播出晚间十点的新闻节目。首先报道了长假期间观光景点的情况，接着是台风逼近冲绳的消息。结束之后，女播音员以“今日午后六时左右……”开始了下一条新闻。

“110接到报警电话称，埼玉县户泽市，一辆行驶在市道上的车冲上路牙后熄火。目击该事故的附近居民称，疑似车上乘客的数名男子逃离了现场。赶往现场的警方人员调查发现，该车辆后备厢中藏有一具由塑料布包裹着的青年男性尸体。警方根据尸体状况判断，该男子很可能因卷入冲突事件而遭杀害，据此正在着手调查逃离现场的数名男子的身份，并追踪车辆所有人相关信息。”

贵代美呆立在沙发前，一登屏着气跟她一起看电视。

画面切到了赶往现场采访的记者。拍摄时间应该是晚上八点左右。

“这里是户泽市案发现场。现场距离户泽地铁站三到五公里，附近有许多民宅，四处还分散着一些农田和杂木林。我面前延伸向前的市道，车流量并不算多。

“现在警方人员站着的地方，旁边那辆黑色轿车就是涉案车辆。能看清吗？车开到了路牙上面。今天六点左右，车在那里熄火，后备厢里发现了一具尸体。”

夜晚的道路被灯照亮了，但看不出在户泽的哪个位置。暂时能确定的是，距离地铁站三到五公里的话算是离市区较远的地方了。

画面一角可以见到警方人员正忙成一片，远远地还围着看热闹的人群。

“我所站的位置是一个三岔路口，据称，黑色轿车就是经过这里后右转，当时车速好像很快，转向不足才开上了那边的路牙。后来车熄火了，下来几名青年男子，又回到我这个位置，然后逃离了现场。”

电视里开始播放采访一名大婶的 VTR 画面。

“当时就是咚的一声，我一回头，都开上去喽。然后又折腾了两三分钟，还想走，最后还是放弃了，人都下来了。然后，嗖的一下子，都往那边跑了……都是小孩子。顶多也就是高中生吧？我看见了两个。”

电视画面里展示了现场的缩略图，一登这才大致把握了位置。一登家在靠近东京的那一边，而案发地点正好在对角，是位于地铁站西北方向的一处丘陵地带。

CG 动画再现了汽车开上路牙，两名乘客逃离现场的过程。随后，演播室主持人呼叫了位于警察局门口的前方记者：“关于现场发现的尸体，掌握到什么情况了吗？”

警察局门口的前方记者收到呼叫后，开始报道：“据悉，后备厢里发现的尸体，身上有多处被刀具刺伤和殴打的痕迹，集中在脸和腹部，警方认为，很有可能是遭受激烈暴行后丧生。尸体腐烂情况并不严重，有消息称，死亡时间很可能是从昨天开始到今天的这段时间。关于死者身份，现在警方正在确认，从外貌特征判断，死者年龄在十五到十九岁之间，推测为高中生年龄段的青少年。”

“其他还有什么新消息没有？请和我们分享一下。”

“好的，尸体被塑料布包着放在后备厢里，据说后备厢里还有挖土用的铁锹。”

“也就是说，可以认为，车上数名男子是在去某处弃尸的途中发生了意外？”

“是的，我认为根据眼下的情况，这种假设十分有可能。”

户泽这块地方，以前也发生过恶性案件，但像这次这样，让人感觉灾祸近在咫尺还是头一次。这种感觉缠绕住一登，毫无消散的迹象。

演播室内的嘉宾评论说，本案可能为青少年犯罪，这一点令人担忧。主持人则说，若有后续情况将再次插播。就这样结束了这则报道。

“你说……”

一登险些没听见，但贵代美的眼神紧逼，使他一怔。

“怎么办啊？”

贵代美那样几乎就是在说，“你不行动，我就自己来”。随后一登也意识到，再继续这样下去实在难以承受，这样的感觉越发强烈起来。

“我知道了。你等等。”说着，他拿起了无绳电话。这种时候不应该拨 110，而是直接往当地警察局打电话——他在心里想着，同时翻找着户泽警察局的总机号码，拨了出去。

电话通了。他解释说联系不上自己的儿子，看了新闻上的案件报道后就想问问情况。电话随后转到了相关部门。

“这里是青少年科。”一名男子接起电话。

“不好意思，我想问个事情。”

“什么事？”

“刚才我看新闻，知道户泽地区一辆车里发现了尸体，我有点担心……因为，我家正上高中的儿子现在联系不上了。”

“从什么时候开始联系不上的？”

“昨天晚上出去的，今天下午三点左右发来过一条短信，后来他的手机好像就一直关机了。”

“知道他去什么地方了吗？”

“我想应该是去朋友家了吧。”

“具体去谁家了并不清楚是不是？”对方如此确认道，显然是对这种情况轻车熟路了。

“是的。”

“短信内容是什么？”

“说他暂时回不来，让我们不要担心……会再联系。”

“然后现在电话不通了？”

“是的。”

“其他还有没有什么你们认为值得担心的理由？”

“我不是说了吗，看了刚才的新闻……”

“别的呢？”

“……没有。”

“嗯，”对方稍微停顿了一会儿，像在思考，“您这种情况，应该再等等，我觉得不是什么值得担心的紧急情况。”

“案子的被害人，那个孩子的身份，现在知道了吗？”

“现在应该还在查……请稍等。”对方像是去问了些什么，过段时间后他又继续说道，“为慎重起见，可以告诉我孩子的姓名吗？”

被这样一问，一登遂说出规士的姓名。又按照对方的询问回答了年龄、高中名称和身体特征。

又是一阵等待，对面好像又在确认些什么。

“嗯……那个案子，现在还在确认身份。万一真有什么与您儿子相关的可能性，我们会再联系您。眼下我只能告诉您这些。”

假设警方现在对身份信息一无所知，他们应该更加慎重地考虑死者是否就是规士才对。要么现在身份方面已经有了眉目，要么就是体态特征相差太大——一登对此毫无头绪。

“那么，如果有了结果，麻烦再联系我一下可以吗？”一登说着，报上自己的姓名和联络方式。

“现在是长假期间，许多人因为孩子跑出去玩不回家打电话来咨询。您的担心我表示理解，不过，我看还是再等等吧。到明天或者后天，如果还没回来，又联系不上，您又放心不下，可以到局里来登记填单子。不过，除非有什么特殊情况，否则警方很难开展搜索，我还是建议您先查一查孩子的朋友圈子，从别的家长那里打听一下儿子的去处比较好。”

“好的，我明白了。不好意思打扰了。”

跟警员打完电话，一登内心平静了些许。一直等在一登身边的贵代美则瞪着他，不安的神情没有变化。

“怎么样了？”贵代美问打完电话的一登。

“身份好像还不清楚，不过我感觉那边应该是有线索。至少外貌不像规士。”

“真的？”

“如果真一样，他们怎么可能这样不管我们呢？”

“真是这样那倒还好……”贵代美虚脱地瘫坐在沙发上，担忧似也卸下了少许。“那还给他们添乱了。”她有了些开玩笑的心情，苦笑着说道。

“剩下的明天再说吧。如果还不回来，就打听一下他的朋友圈子，想想办法。”

一登说完，贵代美也点头道：“嗯。”

6

翌日，贵代美正在厨房准备早餐，雅从二楼下来。

“哥还没回来？”雅并没打算帮手，而是抚摩着迎上来的曲奇，带着困意开口道。

“你知不知道他可能会去哪里？”

面对贵代美的疑问，她冷淡地回了一句：“我怎么会知道？对了，我跟未央他们约好今天补习后去 KTV，好久没去了。我想要点零花钱。”

“补习班下课是几点？”

“四点，这总可以吧？”

“可以是可以……现在天黑得早，六点必须到家。”

“六点？”雅鼓起了腮帮子，显得很不服气，“我哥可以随便在外面过夜，我六点就得回家，这也太不公平了吧。”

“有什么公平不公平的？”

正好一登取报纸回来听到了雅的抱怨，问怎么回事。

“如果想要零花钱，我六点就得回家，”雅求助般向一登报告，“六点哪，只能在 KTV 玩一个小时，四个人去那儿只能唱两三首歌。”

“那就六点半吧，可以吧？”

“这有什么区别？”

“不可以玩得太晚。昨晚出去吃饭时，你也听到了警车的警笛声吧？那可是件大案子。”

“什么样的案子？”

一登没有回答雅的提问，而是坐到桌边摊开了报纸。

“哎呀，什么案子呀？”

一登看着报纸沉默不语，不一会儿说了一句：“这里有。”

“哪里？”

雅探头看报纸，一登则抬头看贵代美。

“被害人的身份好像查到了。”

车后备厢里那具尸体的身份。

“报上登了？”

听一登这口气，肯定不会是规士了。昨晚打电话问过警察后，她心里的担忧只是轻了一些，现在身份查明，总算放下了心。

“高中一年级，那不是跟我哥一样嘛。看校服是泽商高中？”雅凑在一登身旁看着报纸，声音忽然大了起来，“呀……这个仓桥与志彦不是我哥的朋友吗？”

一登再次抬头。贵代美也看向雅。

“你认识？”

“不认识，我听我哥打电话时提起过，说与志彦怎么怎么了。”

贵代美也来到桌旁，盯着报纸。

社会版最上面，头条新闻，字体大得吓人。

“后备厢少年遗体户泽”“私刑致死？刀伤殴打”“数人逃离案发车辆”。

做作夸张的标题刺激着贵代美的眼球。被害少年的照片也登出来了。头发偏长，大约盖住耳朵，个头不小，有点成年人的感觉，脸上却还带着稚气，圆溜溜的眼睛挺招人喜欢。

姓名赫然写的是仓桥与志彦。他身上穿的校服是搭配领带的设计，的确如雅所说的，是户泽商业高中的校服。

被害人是规士的朋友？

这又意味着什么？

贵代美感觉横亘在面前的是某种严峻的现实。然而，眼前却起了浓浓的雾，脚下仿佛寸步难行，思索也毫无进展。

“与志彦这种名字也不算很特别吧？”一登嘴上这样说，却听不出话里有不在乎的意思。

他想强调的是，不应该仅仅因为与志彦这个名字就心慌。贵代美对此也有所认可，甚至，她完全愿意相信。雅听规士打电话时肯定也是漫不经心，不能说她就一定正确。

明明长假还没结束，早饭时，餐桌上却弥漫着无法轻易挥散的沉闷，甚至比昨天更压抑了。用餐结束后，贵代美把盘子放进洗碗机，又一次翻开了平时并不怎么看的报纸。

案情概要和昨天在电视上看到的新闻内容并无太大差别。最引人关注的还是被害人尸体的状况。报道里说，尸体的脸和身上留下了大量刀具刺伤和殴打所致的伤痕。这样的情况很容易使人怀疑被害人可能遭受过私刑，来自多人的暴行最后导致了他的死亡。

报上还刊登了对仓桥与志彦之死的哀叹，有同学说他为人和善，班级里没有人不喜欢他。此外，也有报道说，暑假过后他常常请假，脸色似乎也不大好。他所在高中的校长的发言也刊登出来了，内容大概是说打击太大，不知说什么好。

想象着仓桥与志彦父母的心情，贵代美也感到心痛。触目伤怀说的就是现在这种情况。不过她心里有个想法一直没变——被害的不是规士真是太好了。贵代美深知这话不能说出口，只能在内心慢慢消化掉。

被害人虽不是规士，事情却远远没有结束。如果规士和这个仓桥与志彦真是玩伴关系，他到现在还没回家，又和这案子有着怎样的联系？

“妈妈。”

“嗯？”贵代美注意到雅正叫她，回过神来。

“刚才不是讲好了嘛。”雅说着伸出手来。应该是指零花钱。

贵代美拿过自己的钱包，抽了张一千块纸钞给她。

“再来一张。”

女儿如此要求，贵代美无奈又递过去一张。

“我说，雅，”雅刚一达到目的，就捏着两千块转身要上二楼，贵代美叫住了她，“如果你哥中午还不回来，我打算找他朋友问问情况，你知不知道你哥同学的联系方式？”

“我怎么知道。”

“不知道你也有办法问一问啊。你年级同学里没有你哥以前足球队的吗？”

“就算有，我也没怎么跟人讲过话，连手机号码都没有。”

“你就没什么认识的人？找找有没有你俩都认识的朋友，想想办法。”

“说得倒简单，我怎么开口啊？难道要去告诉一个从没讲过话的人，我哥在外面玩都不回家？这也太牵强了吧。”

“那……对了，你吹奏乐队的学长里，有没有去念泽高的？总有那么一两个吧？”

贵代美心想，女儿自己的学长总该好开口一些。可结果，雅不情愿地甩下一句，“都说了我不方便问”，就直接上二楼去了。

那还能怎么办呢……贵代美感觉无计可施，一声叹息。

她拿起电话，拨通规士的号码。早上起床后这是第二次了，而话筒里却只有电话已关机的提示，仿佛这是理所当然的。

“他那部智能手机的说明书放哪儿了？”一登忽然起身到橱柜边，打算拉开抽屉。

“应该在左上方吧。”贵代美不明白他这时候找那东西做什么，那个位置的抽屉是专门放家用电器说明书和保修卡的。

“智能手机在关机状态下，还能不能通过 GPS 定位？”

“我不知道……不过，应该可以吧？”

一登取出手机说明书哗啦啦地翻找，说了一句“没写什么有用的”，就又放回了抽屉。

“要不你上网查查？”

“也是。”一登顺从地点了点头，朝放着电脑的工作室去了。他似乎也和昨天不大一样，开始真正担心起来了。

贵代美清洗好餐具，正在打扫客厅，一登回来了。

“搞不好可以查到关机之前的所在位置。”

“那总比什么都不知道好。如果是在朋友家关的机，也就知道他跟谁在一起了。”

“是啊，”一登应道，“不过得要他打开了手机上的 GPS 功能才行。我也不记得当初是怎么设置的了，好像有办法可以查，我们还是去一趟卖手机的商店吧。”

那家店十一点开门。在那之前如果能联系上规士就好了……贵代美盯着墙上的挂钟，时间还不到九点，她心急火燎。

正因为还在放长假，现在能做的事情很有限。也不知道这种情况该不该问学校，反正学校也还在放假期间。

“我去趟工作室，那小子如果有消息了就告诉我。”说完一登就回工作室去了。他今天没约人见面，不过还有之前积攒的工作要处理。

贵代美自己的工作进度也从昨天开始缓慢起来。现在这情况，想集中精力工作有点勉强。本以为长假结束后交稿的目标可以轻松达成，现在那份轻松也正在一点点地消失。

该做的事情还是得做……她带着这种心情把稿子摊开在刚拿布擦干净的餐桌上。这时，家里的电话响了。

“您好，石川家。”她接起电话。

“这里是户泽警察局。”话筒里男性的声音让贵代美倒抽了一口气，“石川一登先生在家吗？昨天晚上他给我们打过电话。”

“他就在附近。可以稍等一下吗？我去叫他。”

“那麻烦您。”

“那个……是关于规士的事吗？”贵代美还没来得及去叫人就问道，她十分在意这通电话是何目的。

“您是规士的母亲？”

“是的。”

“规士还没有回家吗？”

“嗯。”

对方这样问，说明他们并未掌握规士的行踪……贵代美感到失落，同时又讶异，既然如此为什么还打电话来？她回答对方时将这些情绪都压在了心底。

“是吗……哦，当然是关于那件事。我们想再具体了解一下，所以想约个二位都在家的时间，我们上门去。”

“到……家里来？”贵代美不知道该如何应对警察的这一要求，全然不知所措。

“是的。”对方只如此答复道。

“是因为你们觉得规士跟昨天的案子有关系，才这样的吗？”贵代美狠了狠心问道。

“我们有许多问题想问一问，也涉及您说的这件事。”对方没有正面回答。

无论如何，如果警方已经掌握了一些情况，则有必要让他们说给自己听听。眼下这情况，凭他们自己搜寻规士的下落根本就无从下手，这就更无法拒绝对方的提议了。

警察说上午来，贵代美表示可以。电话挂断后，她去隔壁工作室，把警察打来电话的事情告诉了一登。

一登的神情有些严峻，只应了声“知道了”，又将摊在眼前的材料叠成一摞，很快出了工作室。

7

门铃响起，通过对讲机简短交谈后，贵代美来到玄关。

挂钟指向十点。一登在餐桌边越发紧张起来。

一登的母亲八年多以前死于癌症。起初看病时，医生说估计没大碍，后来经过筛查，又给母亲打电话告诉她有事要谈。接到电话的母亲一定十分心慌，她给一登打电话，情绪低落地告诉他，自己明天得去一趟医院。

听了母亲的话，一登也无法不负责任地安慰她什么没问题。他嘴上说，“担心太多也没有用”，却在心里设想了最坏的情况。实际上，事情也确实发展成了最坏的结果，不负责任的鼓舞也不过是一时的缓和而已。选择乐观或者悲观是人的自由，但事实终究不为所动。

在等待警察上门的这段时间里，一登又回想起了当初的这种心情。他不知道警察会带来怎样的事实。他所能做的，只有忍受着满溢的不安静静等待，直至对方将事实摆在自己面前。

玄关处传来男性说话的声音，很快，贵代美便带着一名四十几岁的男性和一名三十几岁的女性进来了。四十几岁的男性自我介绍说叫寺沼，三十几岁的女性叫野田。

二人与一登隔着餐桌面对面坐下，在那之前他们打量了一番客厅，但并未给出评价。他们朝着打算泡茶的贵代美说了句“不用麻烦”，随后动作机械地翻开手上的记事本。

“这个……孩子叫规士对吧？他本人还是没有任何音信吗，电话也好，短信也好？”

“是的，”一登回答，“打他手机，一直是关机状态。”

“如果方便的话，能不能跟我们详细地讲一下，从规士离开家以前直到现在为止的具体情况？”

按照要求，一登和贵代美互相补充着相关细节，将前后情况说清楚。只不过，在他们的记忆里，规士离家前并无任何可疑举止，感觉和以前出门玩时没什么两样，所以他们主要也是按时间顺序讲了一些事实。贵代美还将规士发来的消息拿出来展示。

“明白了。”寺沼浏览着笔记的内容道，“也就是说，规士出去和谁见面，二位并不知情了？”

“是。初中时听他提过一些朋友的名字，上高中之后都换了……而且，在家里时他几乎不谈这些事情。说出来挺难为情的，其实我们本打算问一问他的朋友，但都不知道该找谁好。”

“明白了，”寺沼点头，“昨天，你们看了车后备厢里发现少年尸体的新闻后，给我们打电话咨询情况。在那之后，我们查到被害人仓桥与志彦和规士同龄，今天的报纸上也刊载了相关消息。仓桥这个名字，不知二位有没有听规士提起过？”

“我没有，”贵代美否定过后又紧跟着说了一句，“不过……”寺沼的眉毛轻微抖动了一下，“据我女儿说，她之前好像听到过规士跟不知哪个朋友打电话时，提起过与志彦如何如何……”

“哦……是吗？”寺沼低声地应了一句，表情并不惊诧。

“其实，”寺沼神情郑重地开口道，“我们调查了仓桥的交友情况，掌握到他一直和某几名同伴联系密切。其中有来自外校的孩子，有不上学的孩子，也有年龄比他大的。至于他们为什么走到一起，接下来还必须追查，现在已知与他关系密切的有十几个人，都是高一到高三之间的孩子。规士多半也在其中。这么说吧，我们询问过几名与仓桥相熟的少年，有人提到了规士的名字。”

“这又说明了什么？”贵代美细声低语，似乎无法理解这一切。她望向刑警们和一登，像是在问，谁能给她解释清楚。

但刑警们并没给出更具体的说明。

“这说明什么，现在还正在调查当中，”寺沼说道，“不过有一点情况已经渐渐清楚了。在这群孩子里，有好几个人从案发前后一段时间开始就失踪了。再结合二位刚才所说的，可以确定规士也是其中之一。”

某种可能性朦胧地显现在眼前，它太过沉重，一登感到头皮一阵发麻。

“也就是说，规士跟这个案子有关？”

关于仓桥的死因，眼下已认定是遭受到了来自多人的私刑。规士也参与了私刑，并试图利用汽车抛尸，结果半路出了事故，只得和同伙们逃跑——这是否就是警方的看法？

“这一点暂时无法确定。”寺沼含糊其词的回答难以使人信服。

“不可能，”一登道，“我儿子不是那种会伤害别人的人。他从小到大估计连一场像样的架都没打过。”

“当然也可能完全没有关系。”寺沼冷静地说道，“只不过，我们还掌握到，大约半个月前，包括仓桥和规士在内，他们的小团体内部发生过纠纷，也有武斗。”

规士脸上的瘀青就是那么来的——意识到这一点后，一登仿佛被扼住了喉咙，喘不上气来。

“在家的时候，二位有没有感觉规士有什么不对劲的地方？”女刑警野田语调柔和地询问。

“没有。”一登轻轻摇头，“确实不久前，规士有天回来时脸上带着瘀青，问他原因，他也没说出个所以然来。”

“他有没有脾气暴躁、不耐烦的倾向？”

“没有，没到那个程度。他只是对父母的管教表现出厌烦，不希望我们干涉他。”

一登的脑海里闪过刀具的事情，但他并不想提。这并非出于什么特别的算计，只是他觉得，现在谈论那件事会带来不必要的冲击。对于情况不利的细节视而不见，这样它所指向的事实或许就会沉寂下去——这样的期望根本不切实际，一登自己也明白。

“规士妈妈，您感觉呢？”野田将话题抛给贵代美，后者只面色苍白、略显困惑地轻轻摇了摇头。

“从暑假那段时间开始，他就常常在外面过夜……非要说有什么不对劲，也就这些吧。”

刀具的事，当初是贵代美主动提出来的，这足以证明她当时对此很在意。而现在，她似乎也不打算对警察提及此事。

她也觉得那并不值得专门提起。这并非出于包庇的心理。既然刀子已从规士手上没收，那事也就随之结束了。

“在外面过夜，具体是怎么过夜的？”野田问道。

“其实，”一登替贵代美答道，“其实我们觉得他就是通宵在外面玩，根本不是什么过夜。因为第二天一大早回来后他总是倒头就睡。当然那也不是什么好事。不过，我自己上高中时也不是没有通宵在外头玩过，所以也就没打算过多追究。”

“次数呢，大概有几次？”

“暑假期间有四五次吧。假期结束后他的心也没收回来。就像刚才说的，他还弄得满脸瘀青，当时我就适当教育了他一下，让他不要只顾着玩，要多考虑考虑将来。之后感觉他好像老实了一些……”

“他平时绝对不是什么坏孩子，”贵代美的语气有些激动，“说话也不粗鲁，有事让他做他都很听话，包括让他照顾小狗什么的。他就是个普普通通的老实孩子。他初中时就迷上了踢球，上了高中以后也很投入，可惜没多久就伤了膝盖……孩子也可怜，做完手术，现在还有些跛脚呢。所以，他只不过是高中生活不顺利，不知道怎么办好而已。”

事实正如她所说，可在一登看来，这话给人的印象却全然不是那么回事，她那语气，简直就像是已经开始请求对方给予规士宽大处理一样。

问题不在这里。不管规士是多么好的孩子，不管他的遭遇多可怜，在他和私刑谋杀扯上关系时，那些东西成为不了任何借口。

一个活生生的人死了。这一事实无法撼动。事关人的生死，即便是过失所致，也无法得到社会的谅解，更别提是通过私刑和多人暴力害死一个人。在这种情况下，是否有杀人意图，是否积极参与了犯罪，都已不是什么问题。他只会被看作一起恶性犯罪的凶手。社会舆论的判断就是这样。一登的价值观也几乎与之相同。

规士绝不可能是凶恶的罪犯——这一立场一登必须坚持。他不可能退让哪怕一小步，更不会想到要以规士的为人去替他辩护。

贵代美提起足球的事情后，寺沼二人也就这个话题聊了一会儿。尤其是规士在初中时期的足球队里的经历和人际关系，他们很关注。关于足球队里的人际关系，一登和贵代美也并不十分清楚，但知道的都如实说了。

只是，他们在回答那些提问的同时，心中总有一种别扭的感觉挥之不去——此次案件与规士有关。

"我还是觉得那不可能，"关于足球的谈话告一段落后，一登转念一想，接着叹了口气说道，"善恶的判断这孩子还是懂的。他因为学校生活不如意，需要靠疯玩来疏解压力，这我能理解。但那怎么可能跟谋害人命扯上关系呢……对于这一点，我只能说我完全无法理解。”

“我也……”方才言语之中还在恳求宽大处理的贵代美，也怀着难以置信的心情轻声附和道。

“刚才我们已经说了，现阶段我们并没有掌握任何事实，证明规士和案子有关系。请二位理解，我们从家长这里询问消息，并不带有任何主观预判。”

一登二人的困惑之情溢于言表，野田这番话里带着宽慰，可正是这些话，在一登听来竟有装傻敷衍的意味。

“不管怎么样，我们得追查规士的行踪，否则什么也弄不明白。可否请你们提供一下规士的手机号码、运营商和手机型号以做参考？”除了规士的个人情况外，他们还问了一遍家庭成员和一登等人的工作情况，然后寺沼提出了这一要求。

“他的手机好像已经关机了，打不通……”

“即使电源已经切断，只要电池没拿下来，手机就会发出微弱信号，在运营商的协助下还是有可能定位到。”

“真的？”一登很惊讶，寺沼却若无其事地点了点头。既然警察这样讲，那应该是真的。一登于是按要求报上了规士的手机号码等信息。

“还有一件事，”埋头写笔记的寺沼抬起头来，“虽说孩子之前发来了信息，可毕竟他现在是处于无法取得联系的状态，而且同一时间还发生了这样的大案，所以我觉得，不管他离家有没有两天，都别把这看作普通的走失才比较妥当。现在这种情况，我觉得二位明天可以来局里一趟，提交一下失踪人口申请书。”

昨天晚上他们还回应说可以再看看情况，才一个晚上就改变了态度——因为牵涉到案子。

“交不交申请书，有什么区别吗？”贵代美问。

“相关信息将共享给全国的警察，而不是仅仅局限在县内。比如，万一规士到了外地的某个市区内，那么辖区内的巡警就可以通过联网信息及时找到他，这也是值得期待的。”

“可那不就是……”贵代美的话像是费尽心思才挤出来一般，说到半截却没了下文。

“是什么？”

“不就是协助你们把那孩子作为凶手抓捕归案吗……我们身为父母，难道还非得做那种事不可吗？”贵代美的声音明显地颤抖着，眼角渗出泪水。

“规士妈妈，说来说去还是那句话，现在我们只是查案，并没把规士看作凶手。但他很有可能跟案子有着某种关联，知道相关的事实情况。我们想直接从他本人那里了解情况，才认为有必要尽快对他进行保护。”

“只不过是换个说法而已。”贵代美哽咽着，像在抗议，

“对你们警察来说这是工作，是没办法的事，可我们才刚刚了解这个事，心情根本没有办法平静。”

“我们并不强求，”寺沼的语气始终保持着冷静，“只不过，让规士这样一直失踪下去绝对不是什么好事。不仅仅对案子，也包括规士本人的身体状况。他是怎么牵涉进本案的还不清楚，根据牵连程度的不同，不排除接下来他因为钻牛角尖而做出过激行为的可能性。实话跟您说，刚才我说的‘保护’，正是包含了这一层意思。”

继续这样放任不管，规士可能因为心理压力无法排解而选择自杀——警察的话就是这个意思。这是出于真心还是威胁？并不清楚。但若真考虑这个结果的可能性，也只能认为他这番话不无道理，虽然心里并不甘愿承认。

“明白了。我会去交。”

这是一登单方面的决定，贵代美似乎并没想到丈夫会做出这样的回应，瞪大了眼睛转头看他。

不过她也意识到，因为儿子可能牵涉到犯罪事件而拒绝协助警方调查，这并不妥当。不管愿不愿意，身为一个市民的义务必须尽到。她也觉得这是应该的。

“那就请您跑一趟了。到警察局后通知我们一声，我们会出来接待。”

野田的话宣告了会面的结束，他们合上笔记本站了起来。

正往玄关走时，寺沼抬头向二楼瞟了一眼。

“规士的房间是在二楼吗？”

“是的。”一登回答。

“如果方便的话，可不可以让我去看看房间里的情况？”

“这……”一登又继续道，“可以的……”

“为什么要去看？”贵代美语气愤怒地插嘴道，声音盖住了一登的回答。

“也没什么特殊的原因，只是我觉得，从房间里的情况，或许可以了解一些规士的生活习惯，或者其他一些信息。”寺沼言语之中透露出一丝困惑，但还是给出了明确的解释。

“你们刚才还说不知道规士和案子是什么关系，现在就要搞这种搜家的事？”贵代美逼近对方问道，“这合理吗？”

“不是不是，”寺沼摆手否定，“我只是看看，不会触摸任何东西。”

“请允许我拒绝，”贵代美斩钉截铁地说道，“现在他身上没有任何嫌疑，我不能接受这样的行为。”

贵代美变得如此冲动的确十分少见。当然，被告知儿子可能与残忍的案件有关，可能很难保持平常心，面对现实的接连变化，她内心或许也无法接受。故意摆出不配合警方的态度虽不可取，但一登觉得她的心情也不是不可理解。

这样一来寺沼也面露难色，转而看向一登。

“规士的房间里，有没有笔记、便笺之类，或许可以为查案提供线索的物品？”

面对这个带着掩饰和补救意味的问题，一登只简短地回答了一句：“没有。”

“是吗……那就算了吧。”寺沼语气无奈地放弃了原先的请求。

“那回头我们在局里等您。”他们对一登说完后就离开了。

两名刑警离去，沉重的寂静残留在家中。贵代美坐在餐桌旁，低垂着含泪的眼帘，一声不吭。

二人并未互相安慰鼓励。光是思考如何接受眼前的现实就足以使人精疲力竭，答案全无头绪，最终只能手足无措。

雅拎着包，神情惊惶，像在警惕着什么似的从二楼走了下来。

“刚才怎么回事？”

面对雅的提问，二人都等着对方回答，结果谁都没作声。

“是警察？”

在二楼，一样可以清楚感知楼下的来客、谈话氛围，这个家的设计初衷正是如此。只不过，除非讲话声音过大，否则具体内容很难听清。雅似乎注意到了警察来家里谈了一些很严肃的话题，再细节的内容则无法得知，这更增加了她心中的不安。

“我们要让警察去找你哥。”一登决定先这样回答。这虽然没提及最重要的部分，多少有些避重就轻，但也是事实。

雅看父母的神情略带疑惑，似乎又决定将疑问留在心底。她以不同于以往的口气说：“那我去补习班了……”

贵代美感觉现在不是去补习班的时候，但不让她去也不对劲。

“唱歌就别去了，一结束马上回家。”贵代美抬头道，语气不容分说。雅明明那么期待去 KTV 玩，现在竟也没有一句抱怨，只呆呆地站着没动。

“爸爸正好要出去，顺便送你去补习班吧。”

面对一登的提议，雅阴沉着脸轻轻点了头。

贵代美连二人出门时的招呼都没回应。警察对规士抱有怀疑。还得听警察的话去交申请书，她自己内心可能仍然无法接受。

一登让雅坐到后座，发动了车。

那是一辆小型 SUV，在规士还在念小学时买的，已经开了快六年了。小学时，规士每次都要坐副驾驶。他像所有男孩一样表现出对驾驶的兴趣，包括设定导航以及透过挡风玻璃感受车辆的疾驰。

成为初中生后他更偏爱车后座，副驾驶则成了贵代美的座位。规士开始忽视车窗外的风景，摆弄起了手机。上高中后坐车的次数更是少之又少。而现在，他的身影干脆从这个家里消失了。

就那么几年时间，孩子说变就变。和几个月前相比，他们有所改变，甚至就那么几天，哪怕只是几个小时，他们都在改变。

“我哥……真跟报纸上的案子有关？”

“不知道……不过，他确实跟那个被害的孩子有往来。”

听到一登的回答雅轻轻叹了口气，低声道：“这到底是怎么回事啊？”

和规士不同，雅少有改变。她从小就坐车后座。哪怕只和一登两个人的时候，她也自然而然地往后坐。那一本正经的模样，就好像养在深闺的大小姐，不禁使人心中苦笑。她的我行我素自始至终没有改变，从这一点来说倒是叫人放心。

看着她因为规士的事情而面色阴霾，一登的胸口仿佛针扎一般。

这事和雅并没有关系。但是，如果事实真如一登他们担忧的一样是最坏的情况，他们这一家人，谁都无法全身而退。

她不喜欢动弹，课外活动选择了吹奏乐，也不见她有多上心。她似乎并不讨厌坐在课桌前埋头用功，一登觉得这也算这孩子的一项才能。她的笔记记得很仔细，其中确实有一种并非用来向人展示的、隐藏在背后的努力——虽然一登看她笔记的次数并不多。

她想去念心中憧憬的高中，她完全有能力使这个梦想成为现实。然而梦想还能否顺利实现——或许今后连这一点都不得不去担忧了，事态已经超出了她的能力范围。一登茫然地思考着这些问题，感觉有些如坐针毡。

不过，眼下心中最为强烈的还是那种无法相信一切的心情，对于现实的感触则十分模糊。这反倒成了眼下唯一的解脱方式。那是一种既强烈又漠然的感觉。

一登挥去脑子里的一团乱麻，放下手刹，挂上前进挡，踩油门。刚要打方向盘上路，视野里忽然有一个人影出现在家门前，他的脚又踩下了刹车。

在意想不到的地方出现一个人，一登的刹车踩得很用力，车往前挣扎了一下，摇晃着停了下来。

"小心点哦。"雅在后面招呼道。

"不好意思。""她是不是以为我正因为规士的事情而心慌呢？"——一登心里寻思着。转念一想，自己或许真的心慌了。

家门前的人让到了路边，一登心中叮嘱自己要安全驾驶，再次踩下油门。

隔壁人家的院墙下停靠着一辆出租车。一登觉得不对劲，又看了一眼刚才那人。年龄大约三十岁过半，肩上挂着一只皮革包。对方也正盯着这边看，所以和一登视线相对了。

难道，是媒体的人……？

这就找上门来了？

一登透过后视镜查看。

那男子也远远看向一登的车。

看上去对方也正在仔细观察。

一登感觉不舒服，视线从后视镜上移开了。

8

一定有什么原因——贵代美只能这样认为。

参与到那种要人性命的事里，就规士的性格来说简直难以想象。贵代美的父亲，也就是规士的外祖父去世时，这孩子都伤心得落泪了，他们只有暑假和正月才见面。不用刻意去教，这孩子也懂得人命的宝贵。

可现在，他似乎成了几个行为越轨的人当中的一个。手机关机，行踪不明，现状让人不得不相信这就是事实。

警察走了，一登和雅也不在家，一片静谧当中，贵代美听见了平凡的日子轰然坍塌的声音。捂上耳朵，这声音也挥之不去。结果只能置身其中去倾听。自己和家人的人生从今天起即将全盘改变了。如今只有这样做好心理准备，否则就无法面对将要到来的过于残酷的现实。

门铃忽然响了，将寂静包裹下的崩溃之声一扫而去。画面上显示出一名身着衬衫的中年男子。

“谁呀？”贵代美按下通话键问道。

“打扰了。我叫内藤，我想打听点事情，不知可否耽误您一些时间？”

“这……内藤先生，请问您是干什么的？”附近并没有邻居姓内藤。贵代美估摸着可能是上门推销的，于是问他。

“哦，我叫内藤重彦，是一名自由记者。我是来采访的。”

贵代美有些意外。难不成是关于那个案子的采访？

“您说的采访是？”贵代美又问，她想了想，或许是关于一登工作的事情。

“是关于昨天发生在户泽那件案子的采访。”

果然是它。

他打探到规士和案子有关的消息，找上门来了……贵代美感觉后背发凉。

“不知道您想问什么，我丈夫现在不在家，现在不方便接待。”

“不好意思，您是石川规士的母亲吧？”内藤用提问回应了贵代美的话。

“是的……”

“我不花您多长时间。只需要您回答两三个问题，只要告诉我您知道的就行。”

贵代美不想回答，实际上她几乎就是一无所知，也不觉得自己能答得上什么。

不过，正因为她什么都不知道，反而好奇起媒体又知道些什么来。警察为慎重起见什么都不透露，媒体则可能提供一些消息。

“就在门口行吗？”

听到贵代美这样说，内藤答了一声“谢谢您”。

内藤站在玄关，嘴角挂着一丝世故狡黠的笑，递上名片。

“我不是什么坏人。这次的采访是为了给《平日周刊》发稿用的，我还在自己的网络杂志和推特上写东西。”他的名片上印着推特账号和主页地址。

“其实，关于昨天发现遗体的那个案子，我已经向被害人仓桥与志彦身边的人打听了许多关于他生前的情况。”

内藤由此切入主题，同时翻开记事本。拿记事本的那只手上，同时还捏着一支录音笔。

“哦，对了，规士现在在家吗？”

“现在不在。”贵代美心想他应该不知道规士失踪的事情，回答道。

“是吗？”内藤若无其事地回应着，不再深究，“我从别人那里打听到，您家的规士和仓桥是常在一起玩的朋友，所以我想，如果他有仓桥的照片可否借我用用？”

“这个我不大清楚。”

“他们在武州户泽 FC 青年队曾是队友吧，当初训练时的照片，或者您替他们照的照片有没有？”

哦，原来规士是在球队里认识了仓桥与志彦……贵代美心中暗想，表情没有变化。

规士初中时加入了当地一家足球俱乐部，那是关东联赛的豪强，许多前辈都成了活跃在 J 联赛[1]的选手。同一届有将近五十人的样子，跟学校的校队比起来，选手储备要丰厚得多。一直到初三上半学期，规士都是在二队或三队里训练。初三某个时候终于升上一队，贵代美才得以和一登一起去看了几场比赛，不过规士登场亮相多是在下半场的时间所剩无几的时候。有一次，焦急等待了许久才终于等来他上场，贵代美正兴奋地打开相机准备照相，结束的哨声就吹响了。

后来选拔期间，规士因为腿部伤病没能选上青年队，于是选择了在高中校队里继续踢球。户泽高中在全国高校大赛预选

1　J 联赛：日本职业足球联赛的简称。

赛里经常取得好成绩，据说是名门强队，规士看上去也调整好了心态，表现得很积极。因为他踢过俱乐部少年队，很快就被安排进一队开始了训练，这有可能招致了嫉恨。他本人并不怎么提这些，但贵代美怀疑应该是被学长们针对了——一场队内分组对抗赛里有人从背后铲球，造成他膝盖半月板损伤，伤势严重。

那都是后话了。规士踢少年队的时候，活跃在一队的机会并不多，贵代美也没拍多少照片。每天无论早晚，贵代美都接送规士训练，但为了不给他造成心理负担，她并不常在旁边观看。

真找一找，或许也能找出俱乐部时期的纪念照。但她并没有专程去找出来借给这个记者的打算。因为她忽然意识到，他嘴上说想找被害人的照片，说不定其实是想要规士的。这记者之前都查了什么，查到什么程度，她还不清楚。

“我几乎没去看过他比赛，恐怕没什么照片。”贵代美答道。

“这样啊，”内藤表示遗憾，又继续道，“规士提起过任何关于仓桥的事情吗？”

“没有，我儿子在家里不怎么谈论他的朋友，从没听过……”

“那关于这次的案子，他总该说过些什么吧？”

“这……”贵代美不知怎样回答才好，言辞模糊。

“该不会是……自从案发之后，规士都还没回来过吧？”内藤歪着头，程度十分夸张。

“我们也在担心，他现在究竟是什么情况。”贵代美本不想回答，但转念一想，此时缄口也很可疑，这才勉强挤出声音，“他到现在都没有消息，我们也很着急……”

“哦——”内藤颇有深意地说道，“他是什么时候从家里走的？”

“前天夜里。”

内藤再次轻轻“哦”了一声。

“案发前他的表现是什么样的？”

“没什么特别……跟平常一样。”

“他出门时说了什么没有？”

“只说了句‘出去下’，我就让他早点回来……跟平时没什么不同。”

“看他的表现，有没有类似伙伴之间闹过矛盾的迹象？”

贵代美又一次显得有些难以启齿。

“有吗？”

“也不算，前不久他脸上有块瘀青，但他本人说不是什么大事……”

“大概什么时候？”

“这个月月初吧……大概半个月前。”

“嗯——”内藤的鼻子喘着粗气，看起来正暗自兴奋，“原来还有这回事……我打听到，半个月前，仓桥也有过脸上瘀青的情况……不知道有什么关联没有，这就很让人好奇了。”

他嘀嘀咕咕地独自言语着。他那么说，让人感觉这之间肯定是有什么关系，但贵代美并没开口多问。

“哎呀，这可真是没想到，”内藤盯着记事本的脸抬了起来，“不知道您听说没有，根据目击者的证词，从那辆装着仓桥遗体的车上跑下来逃走的人，应该是两个。我为了打听消息，从今早开始把仓桥那些玩伴的家全都跑了一遍，结果发现有几名少年自案发后就失联了——”他稍微停顿了一会儿，似乎在给对方思考的时间，又继续道，“规士其实是第三个。”

“什么？”

“唉，不知道这背后究竟是怎么一回事。”

他这句话，并非要从贵代美这里寻求答案。看他若有所思地独自点头，应该是在说给自己听。

究竟是怎么一回事呢？看着他那副模样，贵代美也在心里想。

9

一登把雅送到补习班后，又去户泽警察局提交了规士的失踪人口申请书，回到家时，发现门口站着一名男子。

这名男子和他出门时见到的并非同一个人。

“您好，我是《新都新闻》的记者，想就昨天的事情跟您做个采访。”

刚一下车，对方就上前来搭话。一登心想，他们果然是媒体的人，就回道：“来我家也没用，我们什么都不知道。”说完就朝玄关方向走去。

“规士是住在这里吧？他现在在家吗？”

一登家的房子为了突显开放性，并没有做院墙和院门，这让记者钻了空子。只见他毫无顾忌地闯入私人土地，追问着一登。

“我刚回来，还不知道他在不在家。”

“如果他在家，我想问他一些问题。”

一登没有表态，对记者视而不见，直接进了家门。

客厅里没有人，他看了看卧室，发现贵代美躺在床上。她并没睡觉。

“媒体的记者一个接着一个……”贵代美叫苦道。

“别理他们就行。又不关我们家什么事。”

接下来会发展成什么样？一登不禁想象众多媒体架起摄像机围在自家门前的情景，心也随之沉了下去。眼下规士和案件的关系还不明了，这种现状才得以维持，一旦警方公布调查结果，他们所畏惧的最坏情况成了事实并被公之于众，方才想象中的景象将瞬间变为现实。

门铃响了，估计是门外那个记者。一登心想他真厚脸皮，心中很厌烦。

“我儿子不在。”一登回到客厅，按下对讲按钮开口道。

那一头回：“他去哪里了？您是他父亲吧，可以回答几个问题吗？”

“我什么都不知道，很不好意思，请另找别人吧。”

哪怕讲到这个地步，对方仍旧不管不顾地说个不停，一登只好说声“抱歉”然后单方面终止了通话。

门铃很快再次响起。

一登下意识地咂了咂嘴，狠狠瞪着出现在液晶屏里的记者。

他决定不再理会，转身就往卧室走，这时电话又响了。

一登心中诧异，拿起听筒，果然是媒体。

“打扰了，我这边是都市电视台新闻中心，请问是石川规士家吗？”

一登重复了一遍面对门外记者时的回答，对方却紧咬不放，一登只得近乎强制地挂上了电话。

这下麻烦了……一登在心中想着，深深叹息。电话关乎工作，不接不行。陌生号码也有可能是新客户。

另一个想法同一时间划过脑海：不，这种担忧已经不切实际了。

自己的工作接下来还能不能保持原状持续下去？非常可惜，完全无法保证。

如果真的查明规士就是这次残忍的少年谋杀案的凶手之一，即便媒体不进行实名报道，小道消息也会在当地及周边地区传开来。

一个犯案少年的父亲，还能像往常那样继续工作吗？

这种事，光想想就后背发凉。

他走进厨房，从冰箱里取出大麦茶倒了一杯。已经快下午两点了，午饭都还没准备。不过他本就没什么食欲，也不打算提醒贵代美。

正喝着大麦茶，电话又响了。是从工作室转过来的电话，高山建筑公司的老板打来的。

“一登老师，”对方大致报告了长假期间秋田那边房子的工程进展，然后说道，“唉，聊句不相干的话，现在这世道可真是太不像话了……”最后，他感慨道，“一登老师，昨天那事你也听说了吧？”

“昨天的事……？”

在这个地方，要说昨天的事那只有一件。一登选择等对方表态，他不确定对方是不是在试探自己知道了多少。

“就是私刑杀害一名高中生，藏到车后备厢里，结果被人发现的那件案子呀。听说那些凶手直接弃车逃跑了……”

“唉……”一登含含糊糊地回应着，心里只想这个话题早些结束。

高山老板并不理会一登兴味索然的反应，自顾自地继续着话题："那个被害的孩子呀，是花冢师傅女儿的儿子，也就是他外孙。"

"啊？他是花冢家的？！"

"花冢涂装"是一家泥瓦工坊，尤其刷熟石灰墙的手艺，在当地没人比得上。老板花冢也是个手艺人，干这一行五十年了，带着七八个徒弟一起接活儿干，以决不妥协退让的工作风格受到好评。也正因为他的顽固，工作上并不太好合作。再加上他有着接不完的生意，所以一登就很少找他。不过每当有重要或难度高的墙面要刷，一登都会通过他的老朋友高山老板找到他为自己一展身手。

这么说，仓桥与志彦竟是那个花冢师傅的外孙。一登只觉得这太意外了。

"早上，花冢给我打电话了，我光是听着就难受得不行。那么个硬脾气的手艺人，居然眼泪哗哗地说'我已经没法继续干活儿了'。唉，虽说那是他外孙，但也是常常上他家去玩，据说花冢很疼他，现在这样也不是不能理解。听说，那孩子还说高中毕业后要到爷爷那儿去当徒弟学手艺呢。你说，这么个掌中宝，居然被那么残忍地杀害了，这谁受得了？不管是因为什么，做那么绝，实在是太残忍了。"

一登一个字都说不出来。被害人的亲人们恸哭的惨状仿佛就在眼前，他除了沉默别无选择。这太过现实，对着被害人姓名和照片编织出的想象无法与之相提并论。

“据说像那样的案子，遗体不会立刻归还家属。得放在警察那里保管，又是解剖又是调查的，有好多道程序。辨认遗体时，花冢陪他女儿一起去了，那叫一个惨呀！他一眼都没认出来那是他外孙。脸全肿了，浑身发黑，身上刀伤数都数不清，活活给折磨死了。他们哭得死去活来，究竟这是造了什么孽？”

真是一桩惨案——一登对此有了新的认识。光是听到那些话就让人心情沉重。

这样一件惨案，规士竟然有可能与之相关。

不过关于这一点，他终究觉得不大现实。

除非规士本人出面承认，告诉他缘由，否则他无法相信，也不愿相信。一登只愿意相信，规士会尽快现身，澄清他自己与本案无关——这也是一登现在唯一的心愿。

不过，只要规士一天行踪不明，他与本案相关的可能性就一天无法否定。一登也无法站在与本案完全无关的立场发表言论。

所以面对高山的话题，一登只能简单地附和。

“现在的孩子打架，根本没有以前那种一对一赤手空拳的想法了。几个人堵一个，拉帮结派地去斗，打人的一方感觉不到什么痛苦，也不知道在适当的时候收手。行凶的孩子多大年纪现在还不清楚，退一万步说，那可是拿刀子捅人的事，他们怎么那么轻易就下得了手？干木工这一行的都学过，知道给人递刀的时候要刀柄对着别人，但这不该只有我们才懂吧？还是说，现在的孩子，连这些都没人教了？真是的，这世道真是可怕。”

当然，从规士小的时候起，一登就很注意教他拿锋利的刀具时该怎么做。哪怕是指甲剪，他都不停纠正儿子刀刃不可以朝向别人。

按照高山的逻辑，从小接受了如此教育的规士，绝不可能拿刀捅人。

一登也愿意相信这一点。规士的确持有过刀具，但仅仅是持有，跟要拿它捅人是两回事。

而且，就连他那把刀，一登也没收了。

但是……

这些推测，如果不由规士亲口告诉自己，就无法拿来否定任何事情。

“总之，一个人专心干了一辈子粉刷，现在居然说干不下去，可见他多难过……唉，可以理解。我在电话里听到那些都不知道该说什么好，也只好讲一些表面上的安慰话，什么‘真可怜，苦了你了’‘绝不能饶了那些人’。其实，有些活儿，非他不行，我还真需要他重新振作起来，可又不知道该怎么跟他说……”

一登只能含糊地附和着，几乎没主动发话，高山可能也是更希望倾诉，一股脑儿地说完之后也就挂了电话。

一登不禁松了口气，同时又意识到危险的火种仍然存在，只能沉默着战栗不已。等到规士和案件的关系被公之于众，自己又该如何面对高山和花冢二人呢？至少，生意是不可能像以往一样继续了，情况不可能那么乐观。

一登带着阴郁的心情回到卧室。

贵代美仍躺在床上，眼睛直勾勾地盯着天花板。

一登也仿佛被疲劳拽着似的一头栽在了自己的床上。

他注视着米色的天花板。

那是请花冢来刷的硅藻土，有调节湿度的效果，在潮湿季节里能够大幅缓和体感上的不适。

天花板粉刷比墙壁更难，还得担心涂料脱落的问题，不过花冢的手艺的确好，连裂纹都没有一条。

仓桥与志彦希望给外祖父当徒弟学手艺。如果那成真了，将来肯定还有和一登照面的时候。

他会成长为怎样的手艺人呢？

一登太理解花冢遗憾的心情了。

“昨天那个案子里被害的孩子，”一登看着天花板对贵代美说，“听说是花冢师傅的外孙。”

“啊？”旁边的床上，传来困惑的声音。

贵代美虽对一登的工作从不过问，但偶尔他在客厅打电话，也会听他谈到工程进展到哪一步之类的话。两人在一起这么多年了，他常跟哪些人合作她还是知道的。

“是他女儿的孩子。听说本打算高中毕业后去他那里学手艺……我从高山建筑的老板那里听来的。”

贵代美一声叹息。

“我听说，他俩以前都在武州户泽队里。”贵代美并未对一登的话发表感想，而是说了这么一句。

“嗯？”

“被害的孩子，和规士……一个叫内藤的记者找上我们家来，告诉我的。”

“记者……你跟记者聊了？”

“你带雅出门后他就来了。”

是出门时见到的那个人……一登了解了情况，心情复杂起来。如果记者知道，警察当然也知道。现在回想起来，他们确实试图详细打听规士在足球队时的事情。可他们却一点没透露相关情况。即便是去提交失踪人口申请书时，寺沼和野田也始终只有事务性的应付。

警察果然是什么都不告诉我们……这让他有些失望。

“那个记者表现怎么样？”一登问，“是不是……认定规士就是凶手？”

“他好像并不知道规士一直没回家的事情，”贵代美回答，“他说，被害人的玩伴里，现在失踪了的，规士是第三个。”

也就是说，其实现在已经大致明确了，究竟哪些人跟这个案子有关——一登漠然地想着。

“他说，从车上下来逃了的只有两个人，不知道为什么……他觉得难以理解。”

“什么？”

刚才听她说“第三个”时一登并没放在心上，没想到里面还暗藏这样一种矛盾，他一惊。

确实，电视新闻里接受采访的目击者也说，从车上下来跑掉的是两个人，而且，既然记者如此断定，至少是有多方证词作为佐证。

逃跑的是两个人。

失踪了三个人。

怎么回事？

如果其中一人与案子无关呢？一登试着想象这样的可能性。

可是，实在很难想象一个人碰巧在此时下落不明，却与此案毫无关联。假设规士不在弃车逃跑的二人之列，那么他至今仍不回家，恐怕也是因为和案子有着某种牵扯。

那么，会是什么样的牵扯呢？

难道是那两个人负责弃尸，而规士另有其他事情要负责？

脑海里浮现出的可能性完全不值得有任何期待，一登觉得很烦躁。

可要说还有其他什么可能性，一登也想不出个所以然。

一登紧紧地合上双眼，将硅藻土粉刷的天花板从视野里抹去。

门铃又响了。

10

这次恐怕无法按时交稿了……贵代美盯着眼前摊开在桌上的校对稿件想道。

躺在床上也无法让自己放松，贵代美走出卧室，想继续投入工作以摆脱眼前的烦忧，可现在的她又怎么做得好工作呢？

贵代美成为自由校稿人大概是在十五年前。规士出生，她还带着孩子，又怀上了雅。看一登的事业也逐渐上了轨道，贵代美决定辞去出版社的工作。然后，她在熟识的编辑的帮助下，开始了校对的工作。

起初完全是做临时工的感觉，待规士和雅稍大些上幼儿园后，她也有了更多空余时间。为了提高词语水平以应付校对工作，她还花了两三年时间重新学习。后来她有了一定程度的自信，就和现在的出版公司签约，更为积极地接活儿来做了。

算起来，这份工作从规士出生开始一直坚持做到了现在。收入方面，并比不上在出版社工作的时候，每月收入很难超过三十万日元。如果想通篇统一汉字和假名的使用方式，就得来来回回看很多遍；遇到专业术语和与史实相关的内容，还得一个个地去查文献求证。这工作很难如愿达到量的突破。

不过现在算来，这份职业生涯的长度已经超过了在出版社的时候，面对工作她确实也有着相应的自豪。

最值得自豪的就是，迄今为止她一次都没有拖过稿。编辑那边设定截稿日期，一般都会留一些余地，真的赶不上了，多多少少也可以得到一些宽容。这些内情贵代美都清楚，可她仍然从一开始就坚持按时交稿。因为她觉得，既然自己的工作场所已然换成作为日常生活场所的客厅了，再不把截稿日期当回事，那么最终会对工作质量造成消极的影响。

她觉得，自己的这种工作态度应该也得到了出版公司的经理和编辑的认可。

但是这一次，她没有了继续坚持下去的自信。

稿子上的字，她完全看不进去。

她明白了，自己曾经每天的生活有多么宁静。

当初父亲去世时都挺了过来……

可现在和那时候相比情况又不一样了。

父亲那时候突然晕倒，后来她才接到消息，说父亲就那么走了。贵代美心中所感受到的只是针对这一事实的悲伤。

事实确凿之后悲伤便到达了顶峰，不再增长。比这更难应对的，是不安。当令人悲伤的事实被遮上面纱无法看清，不安就在心中滋生，它盘踞在心底，让人心乱如麻。

贵代美意识到，此时的不安感已超出了她的掌控。眼下事实完全无法辨清，不安便也不断扩散。

规士和案子有牵连——否定这一可能性甚至已不那么现实——很遗憾，这只能接受。真的毫无关联那自然最好，可考虑到自身立场，如今顶多只能担心下落不明的他的安危，如果还一味奢望能撇开关系，那也太天真了。

只是，哪怕在内心接受了这一可能性，她仍然无法让心神安宁。

来家里采访的内藤所说的话，贵代美听在心里总觉得无法消化。

弃车在逃的是两个人。

下落不明的有三个人。

规士是犯下如此残忍的案件的凶手之一，这种事情光想想就足够吓人。做出那种事情还想跑，警方已展开搜捕却仍未落网，无论是被害人的亲人还是舆论当然都不可能对此表示宽恕。面对这样的罪行，贵代美作为一个母亲该如何去承担责任，现阶段她也给不出任何答案。

如果这就是需要面对的现实，恐怕只剩走投无路。这实在太可怕了。

但是……

内藤的话，暗示了一种比这更为恐怖的可能。

内藤临走时留下一句话。

他说，这案子还有好多地方没弄清楚。凶手不一定只有在逃的那两个人，被害人也不一定只有仓桥一人。

他人走了，这句话却在耳边挥之不去。

贵代美呆立在玄关，两腿逐渐开始打战，她想锁上门，试了好几次，最后只得紧挨着门把手去锁。她连站都站不住，几乎是爬着回了卧室。

躺到床上后，她才稍微冷静了一些，开始试着说服自己。

如果真的还有其他人被害，为什么凶手只搬运仓桥与志彦的尸体？

如果真的还有另外的被害人，警察肯定早已经查出来了吧？和凶手不一样，被害人不会逃跑。

贵代美将内藤的话告诉给一登，可他似乎并未深刻领会，也没想到她脑子里的那个恐怖的可能性。

是自己想太多了。贵代美决定得出这一结论，希望事实如此的心情占据了上风。

只不过，恐惧仍在心底的某处留下了阴影。这一点恐惧的碎片就足以将贵代美从日常中抽离，使她无所适从。

最终，贵代美放下了笔，稿子连一页都没翻过。

她捂着脸，发出了今天不知第几次的叹息。

规士在家时，会在这客厅或者在二楼的开放空间颠球，发出砰砰的声音，那是几年来这个家的日常。

她在一旁看儿子用脚背、膝盖或头，杂耍似的操控着足球，一方面赞许他的能力，另一方面也单纯地想知道，这样不厌其烦地重复相同的动作究竟乐趣在哪里。儿子倾注在其中的热情，贵代美并没有正确地感知到。

现在她觉得，在规士伤病时，应该给他更贴心的呵护。

不光是身体，关于日常生活和告别足球之后的奋斗方向，也应该更多地给他意见。

那次受伤改变了规士的生活。或者可以说，改变了的不只是生活这种小事，他的人生也因此而错乱了。

以成人的眼光去看，能成为职业选手的毕竟是极少数，除非有突出的才能，否则本就不该把那些追求当真，而应该抱着总有一天会遭遇挫折的心态去参与。所以，当孩子受伤时，她的担忧全都是关于伤病是否会影响孩子的日常生活。

然而规士自己呢？哪怕可能性极为微小，也许他仍将进入职业球队看作自己足球人生的未来方向。在小学和初中的作文里，他都写过，将来的梦想是成为一名职业足球选手。他越是认真投入，那一次的伤病对他而言就越是绝望。

作为母亲，她本该更理解儿子的心情。

包括训练，也应该更多地关注。不应该管他怎么想，哪怕他烦，也要去看他训练。

那样或许就更能理解他对足球的热爱，也更能体会伤病对他的打击，而且也能了解他在俱乐部里都有哪些朋友，更能敏感地察觉伙伴之间的矛盾。

颠球的动静消失也不过区区数月而已。这几个月里规士迷失了前进的方向，偏离了原本的轨道。

贵代美想起他小时候。

他一岁半时雅出生，贵代美的心思都得用来照顾妹妹，几乎不再抱他。甚至当雅还在肚子里时，由于挺着大肚子抱孩子已经很困难，而正好他也开始蹒跚学步，贵代美就以此为由不去抱他了。

母子三人出门的时候，贵代美都是怀抱着雅，手牵着规士。但她也不可能一直保持牵手的状态。规士是男孩子，一松手就爱乱跑。她有自信，哪怕背对着规士也能够察觉出他的位置。现在想想，那只不过是自己单方面地认为，就算不管儿子，他也不会乱来而已。

记得有一次，雅流鼻涕了，她想着得赶紧擦掉。当时正在去车站附近一家超市买东西的路上。规士那时候大概两岁半吧。她放开规士的手，从包里拿出纸巾给雅擦拭。

“妈妈，鸟来了！”听到规士的话，她回头看了看，发现他面对慢慢靠近自己的鸽子，似乎十分害怕，正往后缩。

“那是鸽子呀，不用怕。”贵代美说了一声，就继续照看雅了。雅安静得有点不正常，所以贵代美担心她是不是在发烧，脑子里根本没想别的，又是摸脖子，又是观察表情的。雅是早产儿，上小学时混在同龄学生当中，身材的瘦小十分明显，而且她本就娇惯，身体也不怎么好。都说小男孩容易发烧，比较难带，轮到自己家里反而是雅更让人操心。正因为如此，贵代美才连雅的哪怕一点点脸色的变化都去关注。

“鸽子，跑了！”

听到规士在背后讲话，贵代美仍然觉得知道他大概在什么位置。然而仅仅几秒过后，贵代美就听见急刹车时轮胎摩擦地面的声音，连忙慌张地回头。

慌乱之中，视野里出现了十几米开外规士摔倒在十字路口的模样。一瞬间，贵代美僵住了，发出了惨叫。

他什么时候跑那么远了……贵代美觉得难以置信。应该只过去了几秒钟时间而已。

最后，万幸没出什么大事。车似乎并没撞到他，驾驶员看见规士脚下一绊，摔倒在马路上，就马上急刹车了。规士只是因为摔跤而哭了。

如果他没有被绊倒，或许就跟车撞上了。每当这样想时，贵代美都觉得浑身发凉。最可怕的是，她只不过放手了一小会儿，只是走了个神，小孩子就跑到了意想不到的地方，这一事实给她带来不小的冲击，在那之后很长时间，贵代美都对此十分警觉。

现在可能就和那时候一样，贵代美想。当然，虽然孩子是同一个孩子，也不该拿两岁半的时候和十六岁相比较，这她也明白，但她觉得作为母亲所感受到的其实并无太大差别。她以为只是短暂的放手，可孩子却已走远，远到她无法相信。

现在想想，这一次，她一样以为自己掌握了和规士之间的距离。当发现危险的萌芽时，她也曾试图抢先一步去清理掉。可那并未阻止事态发展到这一步，这只能说明自己以为掌握了一切的心态有多天真。她总是天真。换句话说，贵代美尚未完全摆脱天真的自己，就这样继续着母亲的身份。

想来想去，贵代美也找不出可以让自己更轻松些的答案，她扬起低垂的脸，电话正好在此时响起。贵代美本想让对方语音留言，可听到姐姐的一声“贵代，我是聪美”，她便赶在挂断前拿起了电话。

“喂？”

“嗯？你在家呀。”

“嗯，在。”

聪美敏感地察觉到了贵代美答话时语气中的异常。

“怎么啦？声音都没精神。”

“是吗？”贵代美懒得去否定或肯定，无精打采地含糊道。

“身体不舒服？”

“也不是……”

“还在担心小规？”聪美忽然想起了什么似的，问道，“他还没回来吗？”

“嗯……还没。”

“真是不省心，”聪美愕然道，“昨天案子里那孩子的名字公布了，我看不是小规还松了口气呢。他这是干什么去啦？”

“警察都上我们家来了，”贵代美边叹气边说道，“他们说，昨天案子的被害人跟规士是常待在一起的玩伴。”

“啊？什么意思？”聪美惊讶地追问。

“他俩初中时好像属于同一个足球俱乐部。”

“所以呢？”

“不知道……警察可能觉得，他跟案子有什么关系。”

“小规？！”聪美高声喊着，“你的意思是，为了躲避警察抓捕，他现在当了逃犯？”

面对这丝毫未做修饰的质问，贵代美沉默不语。

“我不知道。警察什么都没告诉我，我觉得可能他们也还不知道具体怎么回事。”

“可是，他现在都还没回家，应该就是那么回事了吧？”聪美武断地下了结论，又继续道，“哎哟，贵代，这可怎么办？这可怎么得了！”

“我明白……不过，现在还什么都没弄清楚呢。”

“我知道你不敢相信，”聪美似乎猜到了贵代美的心思，“要是我，听到这样的事情，第一反应肯定也不相信。小规那么可爱，怎么可能做那种事……我也希望这里头有什么误会。可碰巧在这个时候不知去向，而且又跟被害人有私交，这可就……”

见贵代美没有任何回应，她反复说了好多遍“麻烦啦”“出大事儿啦”。

“未成年人犯罪那就是家长的责任……而且是这种杀了人的案子，舆论也不会放过的，不是简单赔个罪就能了结的。就连赔偿，恐怕都是巨额！”

“现在考虑那些有什么用？”贵代美说着，她真想塞上耳朵。

“怎么没用？现在不计划好，”聪美胁迫般地道，“不做好心理准备可不行。早晚要被抓住的……这种事情，逃得了一时，逃不了一世呀。”

规士让警察抓住的时刻终将到来……确实，有必要为此做好心理准备。可哪怕到现在这个地步，贵代美仍然感觉不真实。

真相不一定就是那样——贵代美想反驳，但没有说出口。事实并非如此的可能性确实存在。但那就意味着，规士不是行凶者，而是被害人。这是贵代美不愿去想的。

“这可不得了。你可能以为总会有办法，这世上哪有那么便宜的事情，得有觉悟，什么都有可能。”聪美说个不停，几乎像在自言自语，“刚跟妈一起吃午饭，我们还说呢，出事的不是小规真是太好了……”

“这事你可别告诉妈。”

“你现在让我别告诉妈……”聪美为难地说道，“可我都已经跟她说了，小规一直没回家你正犯愁呢……”

“那别跟她说更多就行，她再问你什么，你就说不知道。”

母亲的身体状况最近有所好转，但每次见面仍能明显感到她身上那种年事已高的沧桑感。她期待着规士年年的成长，自外孙因为足球训练而不能见她后，每当给她发去规士的照片，她都很开心。若有好事，贵代美自然愿意多讲给她听，可这种时候，实在不忍去刺激年老的她。

“她又不是小孩子，瞒着她，她也迟早会知道的。”

“那也别告诉她。”

“现在这个情况，今年长假能不能来也不一定了吧？”

“估计去不了。你就告诉她扫墓我们去了，但因为我老公生意上有急事，直接回来了。”

“这也太牵强了……”聪美叹息道。

“求你了！”贵代美执意坚持道，“总之，妈那边我现在实在顾不上，你就别多说了。有什么新情况我再告诉你。”

“真是出了大麻烦哪。”姐姐似乎还想继续说下去。

“那就这样。”贵代美说完就挂断了电话。

11

下午四点半，雅回来了。看来她听了贵代美的话，没有去唱歌。又或者，她知道了眼下去向不明的哥哥或许跟新闻上报道的那件案子有关，没那个心思去玩了。她走进客厅，神情凝重。

“电视台的人在外面问我，爸爸妈妈在不在家……”她说话时刻意压抑了情感。或许她也不知道，现在该以怎样的情绪去面对。

“别管他们。”一登坐在沙发上答道。

门铃响了很多次，他也知道外面有媒体的人。见这边不予理睬，那头固执地坚持了一会儿，最后终于还是放弃走掉了。可很快又换了别家的来继续按响门铃。如果能切断电源他早就想那么干了，当初电力公司布线时采取了电源直通的方式，想关并不那么容易。听着门铃响个不停一登也很烦，他还找出说明书翻了许久。可惜，看样子只能暂且忍耐。

“还有，刚才阿部家奶奶在我路过时叫住我，跟我说，如果院墙下停的那些车是来找我们的，希望给安排停到别的地方。”

一登和餐桌旁的贵代美对视了一眼，轻轻“啧”了一声。隔壁阿部家砌了水泥院墙，容易引得车子靠边停下。不相干的车子停在自家门口，人家自然不高兴。

一登家没有院墙，停车位有两个。生意往来的人开车来时一登就安排他们停在那里。停车位所在的位置很容易看出来是私人土地，媒体的人终究脸皮没那么厚，没有擅自上门来把车停那里。

不对，或许他们是故意不断地给邻居找麻烦，好逼一登家的人出去接受采访。自从门铃响个不停，一登决定置之不理之后，他也不能大摇大摆地去工作室了。他虽不知道媒体究竟想从自己这里问出些什么，但一想到他们就在外面严阵以待，便也没了外出的念头。也不排除对方正是看穿了他的这种心思，才故意设法使他动摇。

时间到了下午五点，一登打开电视。各个电视台都开始播送傍晚的新闻。他的心情很复杂，既想知道新消息，又害怕知道。然而即便自己选择了不去看、不去听，迟早也会有人主动来告知事情的真相。一登觉得，以他现在的立场，他必须知道这些。

竟然有节目将昨天的户泽大案作为头条新闻进行了播报。节目里，首先就昨晚报道提及的后备厢里发现尸体、有人目击数名少年从现场逃离一事进行了回顾。

随后，画面里出现了人行道边供奉的花束，应该是在弃车的三岔路口附近。

“他性格一直很开朗，经常讲笑话逗我们笑……在班上也很受欢迎。”前来送花的女同学声泪俱下地接受了采访。

“那些凶手绝不能受到原谅。希望早点抓住他们。”

仓桥与志彦和朋友们一起摆着V字形手势的照片出现在电视画面上。友人的脸上打了马赛克，仓桥与志彦则灿烂地笑着。没有多余赘肉的葫芦形脸庞看上去十分阳光，看上去的确是一个深得同学喜爱的少年。

还有一些像是从毕业纪念册上截取的照片，以及身着武州户泽FC队服的照片。无论哪张照片上，他都露出了惹人怜爱的笑容。

他的发型在发梢部分还做了造型，看上去绝不像是优等生，但浑身上下也没有一点不良少年的气质。说他是规士的朋友并不让人觉得意外。

户泽商业高中的校长召开了记者发布会并做了发言：“我

听说，他是班级的开心果，每个人都喜欢他，对他的笑容印象深刻。一件如此惨痛的案件，夺走了这个独一无二的生命，这使我内心无比遗憾和沉痛。”

学校方面给出的评论也是相似的内容。这应该就是仓桥与志彦为人的真实写照，没什么粉饰美化。

仓桥与志彦开朗和受欢迎的性格越是受到关注，就越凸显了这一事件的残忍和极端。这样一名毫无罪过的少年，为什么非得受到如此残酷的对待？不难想象，对于此事的愤慨正在社会上进一步扩散。一登觉得，如果自己在毫不相干的情况下看到这些新闻，必然会抱有相同的情感。

在这个案子里，规士竟被置于可怜的被害人的对立面。自己的儿子，正是残忍和极端的一方。

仓桥与志彦这样的孩子惨遭毒手有多么令人难以置信，规士这样的孩子成为施暴的凶手就有多么令人难以置信——熟知规士为人的人应该都会这样想吧？又或者这只是身为家长的偏袒？反正不管怎样，规士的为人是必然不会被放在和仓桥与志彦同等的地位去评论了，即便有这样的评论，也不会得到社会的认可。

观看了新闻的人们会将案件的凄惨铭记在心，对施害者的凶残印象也将随之根深蒂固。如此一来，无论规士在案子中扮演了何种角色，无论他为人如何，都已不再有什么关系。只要身处加害者一方，规士就只能被贴上凶恶罪犯的标签，别无选择。

参与犯罪事件就是这个结果——尽管自己心中难以接受，一登还是凭借常年累积的人生阅历做出了无情的判断。

“他本来挺开朗的，但是暑假过后见到他时仿佛整个人都变了，感觉表情很阴郁……”

“那时候他脸还肿着，说是跟人打架了……跟朋友。”

有男同学描述了仓桥与志彦近期的状态。

一登觉得心情很复杂，因为这跟规士也很像。现在事情已经到了无法挽回的地步，二人遭遇无论多像，所面临的处境都已完全相反。

曲奇轻声呜呜地叫着，在一登面前不耐烦地来回晃悠，似乎想去散步。他们训练它不在家里大便，它很听话，一直忍着。

现在并非悠闲地带狗散步的时候，身为一只狗却要出于人的原因而强忍着不排泄，似乎也很可怜。一登这样想着，决定还是带曲奇去散步。

“我不是让你把电视关掉吗？”

他刚给曲奇挂上狗绳，就听见贵代美不耐烦地说道。其实刚才她一直在餐桌旁伸着脖子，看得目不转睛。一登很理解她试图置身事外的心情，于是拿起遥控器关上电视。

他拉着曲奇走出家门。秋季的傍晚，天空已经暗了许多。

门外有两个人影，其中一个手里还提着摄像机。

见一登出来，二人一下子蹦了起来，拿摄像机的那个将机器扛到了肩上。

“是规士爸爸吗？我们是都市电视台的，可以问几个问题吗？”另一个看样子是记者，只见他凑上前来问话道。

“那边的车是你们的吗？”一登没有理会，拿手指向一辆靠着隔壁家院墙停靠的面包车，“人家打电话来抱怨了，说如果是来找我们的让我找人动车。你们可以把车开走吗？”

“明白了，车我们会开走，在那之前我先问两三个问题可以吗？”记者挡到一登面前说道。

“你们干什么？凭什么拿摄像机拍我？”

“这是为了记录采访过程。很不好意思，希望您理解。我们不拍脸，只拍胸部以下的部位。”

记者谦和的语气里透着一种一口咬住就绝不松口的难缠，一登看着他叹了口气。

“我什么都不知道，什么也回答不了。”

曲奇想走，一直拉着绳子，但一登被拦住了无法动弹。

“回答您知道的就可以。我们听说，昨天被发现遗体的仓桥与志彦同学，生前常和您儿子一起玩，有没有这回事？”

“我也听说了，但是我不知道。我儿子从没提起过仓桥同学的名字。”

“您儿子现在在哪里？”

“不知道。从昨天开始就失去了联系，我们也在担心。”

“他最后联系您是什么时候？”

“昨天下午收到过一条短信，说暂时还回不来，不要担心。之后就没有了消息。”

“什么时候出门的？”

“前天夜里。”

“说什么没有？”

“没什么特别的。就说稍微出去下。”

“有没有什么惹人注意的表现，比如比较慌张或者兴奋？”

“没有。”

“那最近，他有没有什么不对劲的地方？”

一登一下子不知该说什么好，过后又答道：“我不清楚。”

“我们还了解到，包括仓桥同学和您儿子在内的一个小群体发生了内部矛盾，还打过架……”

“我都说了，我不知道。如果你采访时得到了什么消息，我倒是想让你来告诉我。”

一登反将一军，记者并未回应。

“那就这样吧。”一登觉得差不多了，就从记者身旁绕开打算离去。

记者则追了上来。

“对于仓桥同学的死，您怎么看？”

“怎么看？”

这样的问题如何回答，他心里还没有做过准备。他觉得这是在跟他摊牌——这是个应该抛给凶手家属的问题，而自己正身处需要面对这个问题的立场。

“我觉得是一件令人痛心的事情。不过现在什么都还没弄清楚，我也不知道应该再说些什么。”

“仓桥同学去世了，这个事实已经很清楚了。”

一登不愿意自己的立场被不相干的人仅凭臆测去决定，而记者则执拗地要将这一立场强加在一登身上。

“所以我才说，那是令人痛心的。除此之外我什么都不知道，也没什么好说的！”

穷追不舍的、赤裸裸的挑衅刺激了一登的神经，他的声音不自觉地激动起来。一名正推着自行车路过的女高中生看向一登，不知发生了什么。

“现在什么情况都不清楚，请你们不要乱说。”

“怎么叫乱说？”记者一脸明知故问的样子。

“你们可以不要再缠着我吗？我只是带狗出门散步。我还会回来。”

一登说完迈出步子，这次记者没有再追上来。

“本来就是什么都还不清楚。凭什么让我们来扮演凶手家属的角色？”——一登带着曲奇边走边回想刚才和记者的对话。他确定自己的应对没有过错，试图使激动的心情平静下去。

在想着那些的同时，对于整件事情今后动向的担忧正慢慢占据他的内心。

如果规士的下落查清了，他被警察带走，并被认定是案件的凶手之一，到时候又该怎么办？

自己是不是要面对摄像头认错，声泪俱下？

是不是得参加对规士的审判，站在证人台前，反省自己教导无方，发誓以后帮他重新做人？

是不是得一次又一次地给仓桥与志彦的父母写信赔罪，卖掉现在的房子支付赔偿金？

自己的事业呢？必然不可能像现在这样继续下去。高山建筑也好，花冢涂装也好，这些合作方肯定会选择断绝关系。自己被他们抛弃，然后消息传开，再没人愿意来合作。只有离开户泽，重新找个地方另谋出路，可是又无法保证一定顺利。

可怕。

那将是一个可怕的世界，完全配不上“未来”这个词。

对于规士就是凶手之一这件事，他仍然感觉不现实。然而在他看来，旁人已自顾自地建起了地基，打算将那可怕的未来置于其上。这种意识的相悖形成了两个冷热不同的世界，让一登战栗不止。

他一路往前走，不经意回忆起过去。

所谓过去，也就是规士小学六年级的时候，不过四年前而已。

父亲过世第七年的夏天，要在岐阜老家做法事祭奠。难得回去一趟，一登查到附近的江边正在举办钓鳟鱼的比赛，就从储物柜里翻出两根以前玩过的渔竿，带着规士去钓鱼。

一登小时候，曾在河岸边抓虫子作饵钓过鲩鱼，钓几条人工养殖的虹鳟自然不在话下。但规士可是第一次钓，比赛中需要靠观察鱼漂的动静和感受握竿的手感来判断鱼是否上钩，一开始着实费了好一番功夫才得了些要领。

不过有一登在背后指导鱼咬钩时该如何收放，规士就放心开始了和鱼之间的格斗，他小心翼翼地操纵被拉弯了的渔竿，嘴里兴奋地叫着："上钩了，上钩了！"

一登还教规士取鱼的方法，见他已有了两三条战利品，俨然摆出了一副干劲十足的架势，便在一旁掏出了自己的渔竿。

"爸爸！"不一会儿，规士喊了一声，"我钓到一条小鱼！"

闻声看去，只见那鱼因拉竿力度过猛已脱了钩，正在河岸上蹦跶。

"哟，是条皋月鳟啊。"

那是一条不到十厘米的鳟鱼，应该是夏初时放下的鱼苗。

细小的鱼体上排列着漂亮的斑纹，点缀有红点。

“皋月鳟可是很难钓的，你钓得不错。”一登表扬了儿子。

“我放下渔竿，碰巧它就上钩了。”规士得意地笑着，手里捧着鱼，仿佛那是一颗宝石。

“不过，这鱼还是放它回去吧。”规士的手已伸到了桶旁，听一登这样说，脸色立刻阴沉了。

“为什么？”

“因为它还小。它岁数可能和你差不多大。抓它太可怜了吧？”

规士似乎很不舍，但又认可了一登的话，点头道：“好吧。”

“用手托着轻轻放到水里，直到它游走。”

一登教他放生的方法，规士照办，打算将鱼放回去，但是鱼却躺在手上没有动弹。

“它是不是死啦……”规士忐忑的话声刚落，小小的鳟鱼就好像回过了神似的扭动起身子，游回了河里，“太好了！”

规士说着，开心地望向一登。看他那副样子，一登也很欣慰。他觉得，自己的建议很有意义。

之后规士再钓鱼，就不像之前那么热情了。看起来他心中似有许多想法。

“爸爸，”临走时，他问一登，“鱼被钓上来时，是不是很疼？”

颇具童趣的发问让一登莞尔一笑，同时思考着该如何回答。

更小的时候还无所谓，等到规士和雅都到了小学高年级的年龄，不管他们的问题多么幼稚，一登都尽量认真地回答。他不想用哄小孩的答案去敷衍。

当时他也想出了一个正经的答案——鱼嘴没有痛觉，所以感觉不到疼痛。鱼上钩之后的抵抗，只不过是试图摆脱渔竿的控制。鱼的挣扎，是本能地想要争取自由，而不是因为疼痛。而人类呢，则凭借智慧和技术去捕捉那些鱼。钓鱼就是一场人和鱼之间的比赛。

这番话应该能够充分传达鱼的勇敢和钓鱼的精髓，他觉得不错。

可是，规士放生小鳟鱼时温柔的表情留在了他的脑海，那一刻，他想要认真地对待那份温柔。

“如果你是鱼，会怎么想，如果鱼钩挂在了你的嘴上？”

“我才不愿意呢。好痛。”规士说着，又是笑又是皱眉。

“鱼可能也是一样的想法吧。”

听了一登的话，规士感慨颇深地望着放在冷藏箱里的鱼，同情地说道：“鱼真可怜。”他的表情还是那样温柔，一登觉得自己选择了正确的答案。

在那之后，他没有再和规士去钓过鱼。主要原因是上初中后规士就因为足球队的练习而起早贪黑，但一登也觉得，或许当初二人的对话也有着不小的影响。一登曾打算过如果规士央求，就再带他去钓鱼，但规士并未给他那样的机会。

不过一登并未因此而认为当初的回答错了。直到现在他仍十分满意，所以才一直记得。

小时候的规士就表现出了善良的一面。

仅仅过去了四年，那样一个孩子就变了，居然参与了一桩致人死亡的案件？

人的想法会随着成长而改变。步入成年之后，不可能只靠那些漂亮话生存下去。

不，改变的不仅仅是人。猛兽即便在幼年时被人驯服，成年后仍会流淌野性的血液，眨眼间即可向人亮出獠牙。这些都是本能层面的问题。

进入青春期后规士就变了。所以一登当然也明白，现在的规士已不是小学生时的规士了……

可他无论如何也无法将这些和此次的案件关联起来。

这完全是两码事。

找不到出口的思考使一登疲惫，他发出叹息。一抬眼，曲奇已跑到河岸的草丛边四处转悠，正打算找地方大便。看着它那副全不顾及人类烦恼的模样，一登连叹息都变得无力起来。

“请问……”一登打扫完曲奇的粪便刚起身，就听见背后有人怯声怯气地打招呼。

他回头，发现一名大约高中生年纪的女学生正手扶着自行车站在那里。他意识到那就是今天不久前在家门口遇见的女孩。她身着蓝色连衣裙，脚穿一双略显朴素的球鞋。黑色短发，眼睛好像是内双眼皮，透着温柔，一眼便给人留下印象。

“刚才我在规士家门口见过您，您是他父亲吗？”

面对她的提问，一登点头“嗯”了一声。几乎同一时间，对方也低头行了个礼，并自我介绍道：“我是规士的同班同学，叫饭冢杏奈。”

这名字似乎有些印象。雅和贵代美口中议论的规士的女朋友就是她。

“我联系不上规士。给他发 LINE 消息总也不显示已读，打电话全是已关机的提示，我担心他所以就来……”

一登心想，她口中的担心，应该也包括昨天的事。她来家里看看情况，结果门口站着许多人扛着摄像机，明显不正常。她正犯愁该如何是好，碰上自己出门，她就跟了上来。

“谢谢你担心他，”一登应道，“他前天夜里就出门了，现在还没回来。电话我们这边也打不通。”

饭冢杏奈似乎有些失望，沉默了一会儿。

“我看了昨天泽商高中的与志彦的新闻，规士曾说过和他关系不错，所以我很担心……只是最近，我跟规士之间很难沟通……不过我总觉得不放心……”她还是道出了心中苦恼。

“真是不好意思……让你担心了。”

一登说完，杏奈摇头说了一声“哪里”。

“那小子在家里几乎没跟我提起过他的朋友，我什么都不知道，正犯愁呢。就连与志彦那孩子是他的玩伴，我也是在出事之后才头一次听说。”

“好像他初中时就跟规士在同一个足球俱乐部里。他球踢得不怎么样，一直在二队、三队里训练。不过他本人性格幽默，在队里大家也常常拿他开玩笑，都挺喜欢他。”

“既然这样，为什么他还会遇害呢？”一个单纯的疑问划过一登的脑海，他脱口而出。

“这我也不清楚，”杏奈答道，“也许他出卖队友，或者违背约定，遇到这样的事情，哪怕之前的关系再好……或者，正因为之前的关系好，所以才不可原谅。”

“正因为关系好……”一登轻声重复着这句话，又问杏奈，“在你看来，规士遇到这种情况，是不是那种无法宽容、冲动行事的人？”

杏奈有些犹豫，沉默了一会儿后才开口道：“那种事情也分时间跟场合，我说不好。”

一登本希望她坚决地否定，但她并没有，可硬要面前这名少女说出自己想要的答案也无济于事。一登带着如鲠在喉的心情，换了一种问法："平时跟规士一起玩儿的朋友们，除了与志彦之外，其他人也都是足球俱乐部里的队友吗？"

"足球队的队友有四五个人吧，剩下的应该都是各自带来的朋友。那几个队友现在也都不踢球了……规士说过，大家就是因为都闲得慌才聚起来。"

"原来他真是因为不踢球了，才结识了那些人。"一登觉得果然不出所料。

"关于他膝盖上的伤，他在家里说过什么吗？"杏奈问。

"什么叫'说过什么'？"

"比如为什么受伤。"

"嗯……他只说是训练赛时受的伤。"

杏奈方才的语气让一登感觉此事另有隐情。

"我也不知道这事该不该说……"她首先表露出一丝犹豫，随后又开口道，"那是二年级学生故意干的。"

"啊？"她斩钉截铁的话语让一登不知所措，"到底是怎么一回事？"

"所谓的练习赛，就是队内分成红白两队的对抗赛。我当时是足球队经理，那场比赛我看了。规士是踢过少年队的，所以很受老师器重，一年级学生里就只有他进了一队。然后就是那场比赛，导致规士受伤的那个铲球是一个二年级学生干的，他跟规士一样踢后腰位置。他在规士背后铲球，行为十分恶劣，老师当场就让他下去了。”杏奈说着，她的眼帘低垂，面颊有些抽搐，似是回忆起了当时的场景，“这本是一次严重的事故，规士因此不得不动手术，不过对外却没有闹大。那些高年级学生里也有人偏袒犯规的人，说最开始是规士先上来逼抢的，说不上谁对谁错，最终也就不了了之。”

一登不知道实际情况究竟如何，只得皱起眉投以询问的眼神，杏奈则轻轻摇了摇头。

“规士确实也铲球了，但那只是普通的铲球，绝对不会被吹犯规。如果因为那样就说规士有错，那我觉得太委屈他了。”

一登明白了，应该是有高年级学生仗势欺人，不讲理。

“不过，那个让规士受伤的二年级学生去跟他赔了罪，也接受了惩罚，所以就没有人再继续追究了。我想，规士当时可能还以为，对方做出那样的动作是因为比赛太激烈。所以手术过后他才那么拼命地做复健，想尽快回到球场。”

真要说起来，确实在职业选手里，负伤后通过积极复健重返赛场的太多了。一登原来只以为规士退出的原因是伤病，现在看来事情没有那么简单。并不是受伤了就一定得退出，放弃身为足球选手的生涯，一定还关系到一些情绪上的问题。

“老实说，后来的事情可能我也有错，”她面容痛苦地说道，“只怪我听到了那个让规士受伤的学长跟另一个二年级的队员说：‘就因为石川太抢风头，所以才要毁他前途，一切都进行得很顺利……’我要是把这些话都放心里就好了，但是我实在咽不下这口气，就全告诉了规士。”

说到这里，她的表情又抽搐了。

“他嘴上说其实早知道是这么回事，强装冷静，但我觉得他还是受了打击。害他受伤的那人的品行就不用说了，周围那些高年级学生居然没有一个人肯站出来主持公道，这也让他很失望。还在复健期的他渐渐不来看比赛了，还说起了或许会退出的话。”

日头渐沉，杏奈脸上的阴影更深了。曲奇本急着散步而一直拽绳子，现在也坐在原地，似是放弃了。

“不过，我觉得，他虽然嘴上那样讲，可足球就是他的一切，他一定还有重新复出的想法。之所以最后那点想法也没了，是因为暑假开始后出了件事，害规士受伤的那个二年级学生让人给打了。”

“啊？”

“我没听他本人讲过，只听别人说那人是在球队训练结束后回家的路上，让几个人给堵了，腿也被那些人拿金属球棒给打断了。的确，从那以后再也没见他参加过队里的活动。”

“这说明什么？”一登不知道这些话究竟该如何解释了，“这跟规士的受伤有关？”

他仔细一想，这个疑问并没什么意义。她之所以讲这些，就是因为她觉得有关系。希望它们之间没有关联，只不过是一登的一厢情愿。

“我问过他，他说他不知道。但有一件事很可疑。”

这孩子究竟想说什么呢？——一登严阵以待，眼下他只能看到对方神情忐忑。一登的沉默让一切得以自然地进行下去，她继续开口了。

“出事的那天，规士约我去星巴克。就在那之前的两三天吧，他打电话问我球队活动的结束时间。我本想见面之前先回家，洗个澡换身衣服，就问他七点左右见面怎么样，可他说晚上还有别的事，希望我这边一结束就见面。我还想着，那干脆另找一个时间充裕的日子再见面就好，可他执意要求在那一天，只一个劲儿地问我球队训练几点结束……”

飘浮在她话语间浓烈的复仇气息，让一登感觉喘不过气来。

“而且出事之后，二年级的学长们很快就相互议论，说石川跟那事有关。我当天跟规士见过面，就反驳了他们。结果他们说那肯定是为了做做样子，他们已经知道了，堵人的都是石川的朋友。这让我也不知道说什么好了。”

如果那件事早有预谋，那么这个预谋也太过敷衍，太昭然若揭了。

“我找规士问了。他还是像我刚才讲的那样，说他不知道。

可是，他回答的时候样子怪怪的……总让人觉得他有什么事瞒着，我也不知道究竟该相信哪边了。”她低下头，艰难地呼吸着，“就算他真的参与了，我也不怪他……当然，那不是好事，可是我理解他的心情。如果他事先找我商量，告诉我他无论如何都要那样做，或许我也会认同，还会想办法帮他。但他只说事情不是那样，什么也不告诉我，那留给我的选择就只有相信或是不信了。我也知道，自己只能选择相信，也打算那样做，但是我做不到……对不起。您是他父亲，我不应该不顾及您的感受，说这些好像在怀疑他的话。”

“没事……”

她的语气十分痛苦，她的话也让人无法坚定地表示反对，因为一登自己也像她一样痛苦。

“在那之后没过多久，我也没法继续参加球队的暑期活动了，因为高年级学生都说我是站在石川那边的，很排挤我。不光是这样，就连规士也对我说，暂时还是不要跟他见面比较好……就在这种情况下，这两天又出了这事。我不知道最近他身边都发生了些什么，打他电话也不接，这才意识到，这事很难说跟他没有关系，所以慌了，不知该怎么办。”

一登也说不出任何能使杏奈轻松些的话，只希望她这样倾诉出自身的立场和规士之间的关系，可以多少舒缓些她心中的积郁。

而这种对她的顾虑，也只不过是在一登心中一闪而过。

因为除去那些，还有太多东西他不得不在心中消化。

听完她的话，一登感觉到的是一种扭曲。

她的话和一登就此次事件所掌握的情况——仓桥与志彦遭杀害，规士及数名少年行踪不明——之间，存在着巨大的扭曲。他觉得眼下未知的细节太多了，多到一个单纯的判断都无法轻易给出。

他感觉到，就在扭曲的另一头，似乎有着一些既模糊又触手可及的什么东西，于是压抑着心中的烦躁，试图揪出那些东西的真面目。

“高年级的学生有没有报复规士？”一登想起了脸上带着瘀青回家的规士。

然而杏奈却摇了头：“我觉得没有。有一次他肿着脸来上学，我也那么想，就去问他，结果他说跟那事儿没关系。我觉得他的口气不像是在隐瞒，当然也可能是我判断错了。”

她所指的跟一登想的似乎是同一件事，至于给出否定的回答，她并未表现出过多犹豫。

如果说，规士的那次受伤并不代表矛盾的解决……

“这次的事情，有没有可能也跟那些二年级学生有关系？”

这样问多少有些让人摸不着头脑，但在一登看来却并不是全无道理的猜疑。换句话说，假设仓桥与志彦参与了替规士向二年级学生寻仇的事件，这次也可能是受到了对方的再一次报复。

然而杏奈再一次表示了否定："应该没关系。我朋友现在还在做球队经理，我也试着打听过，她说今天的课外活动所有人都来了。如果牵扯到这次的事，我想他们应该没心思去参加什么课外活动，所以我觉得他们跟案子没关系。"

同样的假设她也考虑过。如果是她说的那样，确实只能给出否定的结论。至少，没有人跟案子有直接的关系。

"我们队里的二年级学生，要说爱打架或者脾气差的，最厉害的也就是让规士受伤的那个人。剩下的只会嘴上说说，不会干出什么出格的事来，而且还要搭上自己的高中生涯，那就更不可能了。"

一登轻轻点头。

找不到解决问题的途径。

现实仍是扭曲的状态。

但一登又觉得，在尝试寻求解决的过程中，在扭曲的现实的另一头，他似乎看到了那一片朦胧的真相。

问题得不到解决，一种无法忽视的可能性就孕育在这一现状当中。

"我只知道这些了……我本想来看看是否能了解更多情况。"杏奈说着，抬起了头。面对她满是犹豫的神情，一登完全无法使她轻松分毫。

“真是对不起。我身为家长却什么也不知道。现在规士不现身就没法知道。所以我今天去警察局交了失踪人口申请。我能做的就只有这些了，连我都厌恶我自己。”

“希望他能平安回来……”

杏奈的悄然自语融化在了一登的思考里，带来一阵尖锐的刺激。

他明白，面前这孩子也意识到了那种可能性。

一登拿手搓了搓脸，试图强行让自己冷静。

借用她刚才的话，这是种焦虑不安的感觉。

在这种情况下，应该对她说什么样的话才算合适？一登就连回应一声“是呀”都做不到。

因为这和他自己的心境存在一种微妙的差别。

“谢谢您听我讲完这些话。”杏奈轻轻点了点头，她似乎也明白了并不能从一登那里问出点什么。

“我应该谢谢你才是。”

一登同杏奈道别，沿河岸继续走。曲奇好像已经失了兴致，步伐也不再轻盈。走了不一会儿他就决定回头。他远远地看见杏奈正骑车回家的背影。

仅凭她的话，并无法了解规士与周边同学和朋友的关系。

但是她的话里带有一种暗示——暴力事件永远伴随着以

牙还牙的行事规则，人一旦被卷进纠纷，就既可能成为加害者，也可能成为受害者。

也许规士才是受害者。

一登极力地强化着这一可能性，深深地发出夹带着某种亢奋的叹息。

这一判断基于何种背景他并不知道。眼下事实的碎片还太少，不足以使人理解，也无法被严丝合缝地拼凑完整。

规士并非加害的一方而是受害的一方——无论这种想法的前提有多片面，在他看来都与事实相吻合。

那些小打小闹的暴力事件先不管，这次的案子凶残至极，考虑到规士的性格，他的看法才更合理。

根据目击证词，现场弃车逃窜的是两个人。

而贵代美从记者那里听来消息，包括规士在内，共有三名少年行踪不明。

当初听贵代美谈起这些，对于人数不吻合的背后是什么，一登并未有过多的考虑。他也想过，即便目击者说是两个人，那也不一定就是正确的数字。

但是，如果说这个数字是正确的……

那不就说明，除仓桥与志彦外，应该还有一人遇害吗？

仅这一点，就使得规士属于被害方这一看法有了可信性。

甚至贵代美，她嘴上虽未提及，心里或许也已意识到了这种可能性。一登回想她当时的表现，觉得这种设想并无不妥。

这并不牵强。若规士属于被害一方，且仍然行踪不明，这就意味着他眼下处于生死未卜的状态。

光想想就很可怕。

此外，如若规士作为加害方参与了仓桥与志彦的私刑致死事件，而如今仍然在逃——这样的猜想同样可怕。

很遗憾，此次案件背后，注定没有安宁的真相。

12

平常七点前就该准备好的晚饭，今天拖到了八点过后。

贵代美自己也没有丝毫食欲，总提不起精神去厨房。雅躲在自己房里不出来。一登带曲奇散步回来后便一言不发，呆坐在沙发上，一副若有所思的模样。

唯有曲奇发出了悲惨的叫声，倾诉腹中饥饿，贵代美这才懒洋洋地起身为它打开了狗粮罐头。

接着，她又从冰箱里拿出蔬菜切了做炒饭，用开水冲了从外面买的速溶汤倒进各人碗里摆好，仿佛一切只是喂狗后的顺便。

“吃饭喽——”她打算叫雅下楼，意识到并没有自信能让自己的声音传到二楼。于是她上楼拉开了雅的房门。

“吃饭啦。”她往里看，发现雅正坐在写字桌前摆弄智能手机。当初明明约好等她上了高中才给买那东西，可她硬是趁着规士升高中的机会也换了一个。

贵代美意识到原来女儿并没在学习，不过也提不起精神去责备她。她理解，在这个节骨眼上孩子也无法集中精神学习。

雅轻轻答应了一声，随即将手机放到桌上，关上门走出了房间。

“网上有很多关于案情的东西。”雅边下楼梯边对着贵代美的背影说道。

“嗯？”

“也有提到我哥的。有些人发帖子时把称呼写成‘I’或者‘I川’，[1] 懂的人一看就知道是在写我哥。”

“都写了些什么？”

“各种吧……也不知道真假。”

难道谣言已经在网上传开了吗……贵代美下意识地和已经坐到餐桌边的一登对视了一眼，对方未发一言。

网上那些不负责任的谣言不值得一个个去看，更不用当真——站在家长的立场或许应该这样讲。可现实情况是，眼下反而是身为家长的贵代美他们最需要了解情况，哪怕那是谣言。

1 “石川”的日语罗马音拼写为“Ishikawa”。

“明天的补习班该怎么办啊？”雅似乎并没怎么吃东西，开饭之后她更多时间只是拿着饭勺来回搅着炒饭。

“什么怎么办？”

“说好一起去唱歌我却临时毁约了，感觉现在跟未央她们关系怪怪的。”

“那点小事，道个歉不就解决了？”

面对贵代美的话，雅并未露出赞同的神情。雅嘴上说的理由，本就避开了真正的重点，只见她短暂沉默后，又拌着炒饭继续了话题。

“而且，课间休息的时候大家都在谈论那个案子……我都不知道说什么好。眼下他们还不知道我哥跟案子有关，倒也还好，可网上已经那样了，大家迟早要知道，到时候再有人跟我聊那些，我……我真的不知道要怎么办。”

雅才上初三，想象一下她的交际圈子就很容易理解她的烦恼有多沉重。贵代美一时间也没能想到什么合适的话语对她讲。

“现在一切都还不清楚，”一登忽然开口道，“用不着因为那些提心吊胆的，你就大大方方地去。”

这些话语里的力量似乎过于强烈了，反而不太适用于雅如今的情绪。

“你说得轻松。”雅的表情有些不悦，“我哥铁定跟案子有关，不是吗？”

“有关系，但还不知道是什么样的关系，”一登立即订正道，“说什么凶手啊，加害者啊，现在还根本不能确定他是哪一方的。”

贵代美轻轻咬住了嘴唇。她这才明白，一登也意识到了这种可能性。

可哪怕他意识到了，贵代美仍不希望他以那样的方式说给雅听。

“那还有什么……”雅的话说一半又停住，她瞪圆了眼睛，向贵代美投去询问的眼神，“嗯？”

“爸爸的意思是，只要警方那边还没消息，就没人知道真实情况，也不必在意网上那些谣言。”贵代美打着圆场。

“爸爸说话就是怪怪的。”

“什么叫说话怪怪的？”一登尽量保持着平和的语气问道，“事实就是这样，没有什么怪不怪的。”

“别说了。”

贵代美压低嗓音试图阻止，但一登并未住嘴。

“你也是，嘴上说什么都不知道，规士不可能跟这件事情毫无关系，你心里难道不清楚？”

“我的意思是，那也没必要硬把一些离谱的猜测当成真有那么回事一样。”贵代美的语气更强硬了，她试图结束这段对话，但一登似乎被她的这个态度刺激到了，面目狰狞起来。

“完全有可能。我才不信规士跟实施私刑的罪犯是一伙的，相较之下，我说的那种可能性现实多了。”

“那又怎么样？！”贵代美的情绪先爆发了，“你身为父亲，难道说儿子死了才好吗？”

贵代美说话很少这样冲动，这使得一登瞬间就屏息沉默了。不过那看起来又像是在为反驳做准备。

“我不是那个意思，”一登撇嘴道，“我只是说，既然实际也存在这种可能性，那我们就必须考虑到。”

“还不了解任何情况就考虑那些，说明你就是希望那样。”

“那又怎么样？”一登不再顾忌地反问道，“你难道希望他是凶手？”

“如果让我选，我宁愿他那样——”贵代美道，“这还用问吗？”

“现在可是有人死了。你明白这意味着什么吗？”

“我当然明白。”

“不，你不明白，”一登笃定地说道，“世上所有人，都会把这次的罪犯们当作杀人凶手看待，规士可是要成杀人犯了！”

“就算真是那样，那孩子也一定有自己的理由。在弄清楚那些之前，说什么都没有意义。”

“打从弄出人命的那一刻起，理由什么的就已经无所谓了。

事实就是一切。不管有什么理由，在世人看来他也只是一个杀人犯。”

明明在谈论自己的儿子，却毫无顾忌地满嘴“杀人犯，杀人犯”地说着，贵代美完全没想到丈夫会这样，几乎要流出泪来。

“我们辛辛苦苦养大的孩子，居然成了杀人犯，这种事你能接受？”

“除了接受还有别的选择吗？父母不就是这样吗？我们接受现实，然后从头再来不好吗？”

“说得倒简单，”一登摇头叹息，“如果真是规士干的，那就说明他并不是我们所熟悉的那个孩子。我实在无法想象，他居然能干出那种事来，真是想也想不到。如果真是他干的，只能说，那样的规士我根本不了解。自他走出这个家门，闯出那种祸之后，他就成了另一个人。事情就是这样。面对一个我们根本不了解的人，别轻易说什么从头再来或者让他重新做人。”

“规士就是那个规士。”贵代美的话已经不再讲道理，但却说得大义凛然。实际上这种时候，道不道理的已经不重要了。

“只要他还活着，总有从头再来的办法，”贵代美情绪激动，终于落下泪来，“可人一旦没了，就全完了。”

“这根本讲不通，”一登冷冰冰地不予理会，“对于一个要了别人的命还躲避警方追捕的人，你说的那些根本不可能实现。我更愿意相信，他不是那样的人。这是我唯一的愿望。”

贵代美捂住了脸，肩膀在颤抖：“你这样讲，跟不顾规士死活有什么区别？为人父母，你怎么能说这样冷漠的话？”

“我还要说你呢，为人父母，你为什么就不能相信他？”

“你那是狡辩！”

同样为人父母，为什么看法居然这样迥异？贵代美心中愤愤不平。为什么他就不能说，不管发生什么事都会保护孩子？她觉得，只要一登愿意这样告诉自己，自己的内心一定可以坚强许多……

吃剩的炒饭被倒进了摆在洗碗池一角的三角形垃圾网兜里。

炒饭盛在餐盘里还勉强保留了食物的模样，可倒进垃圾袋的瞬间就沾满污秽，堕落成为恶心的垃圾。

这也没有办法，她没有食欲。她甚至不觉得浪费，只感觉整个家庭仿佛一下子崩溃了。

雅的炒饭也倒掉了。她也几乎没吃几口，一声招呼也没打就直接上二楼去了。

只有一登仍留在桌上继续动着勺子，只是手中的动作简直像蠕动般缓慢，炒饭也没少多少。

终于，他也放弃了，放下了勺子。

“不好意思……我吃饱了。”

贵代美心想，这点小事有什么好道歉的，他应该为更重要的事道歉。

夫妇终归无法同心，这个道理她也明白。一登做任何事都喜欢讲道理，她也明白正因为如此，一登干建筑这一行，每一个创意、每一处结构，他都有办法使人信服。

可这并不代表在事关家人生死的时候，他搬出那一套也能赢得赞同。

他已经在心里杀死了自己的儿子。他打着信任这种毫无实际意义的旗号，期望着亲生儿子的死。

贵代美无论如何也无法认可那样的想法。

是自己错了吗？

规士作为凶手之一至今在逃——这种事的确难以相信。她也不愿相信。

但毕竟是人，万事都不可能说得那么绝对。或许孩子们之间存在着一些只有他们才懂的理由。有时候或许本人并不想那样做，但受到当时的气氛影响或者伙伴间相互刺激，行为逐渐失控，导致无可挽回的结果也不是不可能。

而且，现在一切情况都是未知数，或许规士既非加害者也非受害者，或许他与此事完全没有关系，这种可能性也不是完全没有。这在旁人看来或许太过天真，但她心中确实还有着几分期许，希望现实真的如此这般风平浪静。

一登离开餐桌，一声不吭地出了客厅。

玄关处传来开关门的声响，他是要去工作室？

有那么一瞬间，贵代美以为他真的这么晚还想着工作，但转念又想起雅提起的网上的言论。可能他想用工作室里的电脑查一查。

贵代美也挺在意，于是从橱柜上方的办公用品那一层取出了平板电脑。

她坐回桌边，打开浏览器。

浏览了几则新闻，关于案件似乎并未报道新的消息。

她以“户泽”为关键字搜索了推特。不过搜出来的都是对媒体报道的转发。

只不过许多人在转发的同时还添加了自己的评论，内容都极为严苛，比如“要对凶手处以重刑”“这些垃圾没资格活着”“如果继续对少年犯从轻量刑，这种人就还会出现”等。是否这些就能代表大众的情绪呢？贵代美不知道应该如何理解这些言论，不过，严峻的舆论形势再次使她体会到案件的严重程度。

“户泽杀人案，警方疑似正对借车给犯罪团伙的人展开问询。”

贵代美的目光停留在这样一则推特上。推主姓名显示为

“内藤重彦”。

是找上家来的那个自由记者。

她赶忙点开内藤的主页。

“户泽杀人案。被害人是一名极平常的少年。问遍所有人也没查出任何负面消息。”

“户泽杀人案。疑似团伙内讧。与被害人相关人员中有数人行踪不明。”

“户泽杀人案。可能有人协助逃窜。”

“户泽杀人案。被害人可能不止一人？”

“户泽杀人案。尚未掌握凶手行踪。是否潜伏在东京？”

他每天发两三条推特介绍采访来的消息，不过语句都极为简短，没有什么具体内容。可能细节内容他都要发在杂志上吧。

雅说的那些是从哪里看来的呢？贵代美决定去一些大型网站找一找关于案件的帖子。

网上有许多纯粹凑热闹的帖子。贵代美找到其中一个，说某足球网站的论坛里正热议此事。论坛里有个关于武州户泽FC青年队的帖子，贵代美去看了。她发现里面有人似乎很熟悉规士等人的情况，并且对整个事件经过十分了解，他们写了很多留言。

“前武州户泽少年队问题阵容：

“S山（十七岁）后卫。问题选手，因极端野蛮的球风而遭其他球队嫌弃。仗着自己是教练的儿子霸占主力阵容位置。青年队当然是进不去的。

“I川（十六岁）后腰。没晋级青年队，转入了泽高校队，因为狂妄而被某高年级学生下了黑脚。几个月后，那名高年级学生住进了医院，原因不明。

“W村（十六岁）前锋。速度虽快但足球意识为零，也没升上青年队。他那点速度全用在偷球鞋和这次的逃跑上了。”

“听说现场跑了两个。”

“也有人说W村跑得太快，大妈没看见。”

“车是S山跟当地一个大人借的。那人也没想到他借车居然是为了干那种事。不过反正他借车给未成年人就已经有罪了。”

“S山就是那个在少年队里踢中后卫的小子吗？我们比赛时对上过。争抢时我肚子也不知挨了他多少拳，哈哈。”

“主犯就是S山吧。”

“我认识W村，看起来不是太坏。偷球鞋是哪儿来的消息？”

“他有晒照片。”

“偷了球鞋还拍照炫耀？亏他还真敢发到网上。”

“朝I川下黑手的高年级学生被打进医院了？感觉有点怕怕。”

“这帮人变得那么凶残，起因就是I川受伤。就是这几个人，加上这次遇害的K，为了报复去打了那个高年级的。K也不值得同情。谁让他跟这帮人混在一起，自作自受。”

“总之就是一帮垃圾窝里斗呗。”

“身为被害人还不值得同情也太惨了吧。如果是这样，那泽高队里弄伤了I川的那个H田也不是好人，他被人寻仇也没啥好抱怨的。”

“跟案子没有直接关系的不要拿出来讲。”

“不一定就没有关系。”

“说到底，主犯是S山，还是I川？S山好像大一岁吧，主犯应该就是他。”

“人都死了，但凡动过手的都是同罪。听说弃尸是S山安排的。”

“主犯也可能是I川。W村是那种随大溜的类型。”

“开车肇事完全就是W村的风格。他就会在场上疯跑，甩开防守球员跟守门员，再把球射偏，最后自己把球网撞得乱晃。”

“电视上那个接受采访的好像是I川他爸？”

“说什么了？露脸了吗？”

“没露脸。看上去像是在遛狗，拍到狗了。说现在联系不上儿子很着急什么的。”

“I川家确实养了狗。”

“这种时候还遛狗，挺悠哉啊。”

“I川他爸是设计师，家里很时髦。”

“看着就不靠谱。所以才养了个不靠谱的儿子。”

“感觉他家位置会被人找出来。”

“我想看S山的教练接受采访。他可是名声在外，自己儿子动作太大他还在旁边拍手说，‘抢得漂亮’，要是别的队员他照着屁股就是一脚。”

“原以为很快就能抓着呢，没想到还挺难找啊。是不是有人窝藏逃犯？”

“正疯狂逃窜呢。有人接到过S山的电话，电话里说他们杀了两个人，眼下只能到处跑。”

“真的假的？也就是说，那大婶说现场逃了两个是说对了？”

“另一个死的是谁？”

“真的吗？如果还死了一个，尸体又去哪儿了？”

“可能藏在什么地方，也可能已经埋掉了。两个埋在一起不如分开埋，也说得过去。”

贵代美顺着评论一直往下看，越发难以抑制胸中的悸动。每个人都在肆无忌惮地谈论着规士和这个家。

她不知道这些网上的留言有多少可信度。一登是搞建筑设计的，跟纯粹的设计师又不大一样。网络言论常常这样不负责任，她也不打算全盘相信。

不过有一点可以确定，他们既然能准确说出规士的身份，证明也不全是胡编乱造。另外两个下落不明的孩子的身份应该也正确。

规士退出球队后，主要还是和以前少年队时的伙伴玩儿在一起。那些孩子也没能升上青年队，估计也都没继续踢球了。所以他们为了打发无聊，才在暑假期间的夜里频繁地出去。

他们所说的S山应该是指盐山。贵代美去观看训练和比赛的次数并不多，但盐山教练的名字她还是知道的。她也听说过，教练的儿子比规士高一个年级。

W村她完全没有印象。这孩子应该和仓桥与志彦一样，从少年队的时候开始就和规士玩得很熟。

另外，规士在队里伤到膝盖的事情，似乎还有着贵代美所不知道的隐情。

贵代美也曾隐约感觉到，规士的受伤是被高年级学生故意针对了。那孩子好像叫堀田？真是个品质恶劣的学长。她询问过规士受伤的细节，从规士的描述里她也明白当时的情况有多危险，而且队里的顾问老师还专程上家里来慰问，也证明了情况有多严重。老师跟贵代美鞠躬赔罪，说“我也有责任，没有看紧他们”。贵代美对他的第一印象是爽朗而诚恳，现在她才明白，在规士看来，他的道歉并不能解决全部问题。

规士似是找那个堀田寻仇了。具体什么时候并不清楚。是不是脸上带伤的那段时间？还是他买刀子的时候？或者是更早一些，暑假的时候？

不过这事究竟是真是假也不知道。争斗最后没有闹大，要么是因为那只不过是小孩子之间的打闹，又或者是因为双方都有错，堀田也不好过度追究。不管是哪种，如果说跟这次案子有关的孩子当初都参与了争斗，那么说明事情本身还是可信的。

网上那些人认为，参与了复仇的孩子们后来发生了内讧。再深入的细节只能凭想象。或许，规士那群人将堀田打进了医院的事众人只是口口相传，谁都没掌握证据。但后来，比如，包括仓桥与志彦在内的某些人打算把事情捅出去，而另一些人则试图堵他们的嘴，于是……不知这种情况有没有可能？

又或许，贵代美设想出如此详细的情节，只不过是因为她平常总接触小说，真相可能更为荒谬。

话说回来，现在是自己的儿子伺机报复仇家，然后又跟共同复仇的伙伴决裂并夺去了人家性命——这种噩梦般的事情要如何按常理去推测它的原因？贵代美也不觉得自己能做得到。但她只能像这样寻求道理上的落脚点，否则压抑在胸中的不安随时都会喷薄而出。

他们还说，盐山在出事后给某个熟人打过电话，说他们杀了两个人只能四处逃窜。

被害人或许不止一个。自贵代美意识到这件事起，她的内心就一直因此而沉重着。

假设现场弃车逃窜的真是两个人，这也不能说明下落不明的三个人里，就一定有一人被害。也可以认为另一人同样是凶手，只不过当时不在车上而在处理其他事情，哪怕可能性很小。当然，另一人也可能本就和案件无关——一直到刚才为止，她还曾这样想过。

然而，浏览过那些内容后，这一侥幸心理已荡然无存了。

盐山说，他们杀了两个人。这个消息有多少可信度？

一口咬定这种论坛上的留言都是信口胡诌是很简单。可如果说是捏造，她不明白有什么理由非得说那是出自盐山之口。

贵代美冲动地关闭了论坛页面。

她捂住脸，叹息。

这一声叹息，并未能吹散弥漫在她脑海里的灰色云雾。

13

翌日清晨，一登躺在床上，听见外头送报纸的摩托声。

他也不清楚自己到底睡没睡着。感觉只不过是大脑停止了思考，挨过了夜间的数个小时，疲惫却仍停留在眼皮背后，跟刚上床时无甚区别。

窗帘泛起微弱的光，一登由此得知外头天已经亮了，他眨眨眼，揉了揉，决定下床。

贵代美在旁边床上翻了个身，背对着一登。昨晚他去工作室查网上的消息，回家后也未曾和她说过一句话。开口也不过变成无谓的争执。她似乎对一登的想法很失望，而在一登看来，只能说贵代美还没意识到现实的严峻。

一登在洗漱间搓了把脸，回客厅坐到沙发上。睡在地毯上的曲奇听到动静，睁开眼跑了过来，他于是摸了摸它的头。

多么安静的早晨——他带着感慨和自嘲交织的心情，起身去外面拿报纸。

一登打开玄关的门锁，推开门。他本来还担忧媒体的人会不会这么一大早就已经来了，见外面空无一人才稍微松了口气。但很快他又注意到，脚下的赤陶地砖上好像沾了什么奇怪的污渍，不禁愣在当场。

星星点点的白色物体散落在地面，看来看去才知是鸡蛋壳。他随即意识到，原来地砖上的污渍是蛋黄。

他走至屋外，环视四周，并无人影。

有人朝门口扔了鸡蛋，黏稠的蛋液正顺着门板往下流淌。

自己引以为傲的建筑被人以这样的方式玷污，他怒火中烧。

昨晚离开工作室后，一登重回客厅打开电视看新闻节目，发现除户泽案件的报道外，自己回答记者提问的录像也播了出来。旁白解说道，被害少年身边的数名伙伴下落不明，警方认为或与案件有关，正慎重展开调查。紧跟着就是一登在讲话，剪辑播出了“从昨天开始就失去了联系，我们也在担心”那一段。

如那名记者所承诺般，一登的脸并未播出。代替他上镜的是曲奇。回想当时的情形，他正一心摆脱记者追问，所以语气显得很敷衍。这虽属无奈，可在不知前后因果的普通观众看来，他作为一名或与案件有关的孩子的家长，却对事态的严重性毫不自知，竟还悠哉地散步遛狗。

这段视频好像在傍晚时段的新闻里也播了，网上也有相关讨论。还有许多不知真假的闲言碎语，所针对的对象身份几乎可以确定就是规士。如果有人十分关注这个案子又碰巧生活在附近，根据那些线索找到他家的具体住址并不困难。一登的这些推测忽而化作了心中惊惶。

一登从客厅拿来户泽警察局寺沼警官的名片和无绳电话，坐在玄关的下沉台阶上给警察局打电话。

“这里是户泽警察局。”电话里的声音并非来自寺沼。

“喂，我叫石川，请问寺沼警官或者野田警官在不在？”

“啊，他们还没来呢。”

一登也不知道该怎么办，他决定先把情况说清楚，哪怕还不知对方姓名。

“我是石川规士的爸爸。刚才正要出门，发现有人朝我家门口扔了生鸡蛋，门附近都脏了。”

“哦……那我把这些转告寺沼可以吗？”

接电话的人自己似乎并不打算处理。可能他想表达的是，这点小事根本不值得出警？一登强忍住想咂嘴的冲动，答道：“是的，请转告他。”

打完电话，他就边看报边等寺沼回复，这一等就是三十多分钟，全无动静，腿都开始麻了。眼下，他最想做的就是把门口的污渍打扫干净。

当初因为规士的失踪找他们时，他们也没当回事，这次即便找警察报案，恐怕也没法让他们出动调查。一登单方面地下了定论，开始清理。他去工作室拿来相机拍了门口一片狼藉的照片，好歹算是留了个证据。然后他将用来浇花的水管接到院里的水龙头上，冲洗了玄关四周，又拿湿毛巾把门擦干净，最后重新打了一遍蜡，抛光。

看到玄关再次整洁起来，一登起伏的情绪也稍微平静了些。可他手上的动作并未停止。他一直如此，房子的打理养护也好，清洁扫除也好，一旦动起手来，不彻头彻尾做一遍决不罢休。赤陶地砖，除门口那片之外，铺在庭院里的部分也全刷了一遍。铁质门柱和邮筒，先拿水冲一遍再涂蜜蜡，光泽如新。

这座房子不光设计，每一处素材他都精心考究，为的就是哪怕十年、二十年后仍能当作样板房展示。除了一些时间越久越有韵味的部分外，他一直凭借悉心护理维持着建筑的崭新。

他如此珍视这栋房子，绝不允许它被来路不明的人以近乎流氓般的行径玷污。我要让别人知道这房子有多出色，让他们不忍心再朝它扔什么鸡蛋——一登心里这样想，专心致志地擦拭镶在门柱上的门牌。

做完这些之后，他又认真地除去了绿植四周的杂草。他每月打理两次庭院，所以其实并没有什么太长的杂草，只不过是一些刚冒出头的小苗。他仔细地一一全拔掉了。

每当有人从门前路过，一登都要抬头看一眼，戒备着是否哪个家伙又找上门来搞恶作剧。不多久，一辆面包车在家门口停了下来。自他开始清扫门口，大约已过了一个小时。

车上下来几名男子，其中一个还拎着摄像机，一登见状便开始收拾工具。

“早上好！请问是石川规士的父亲吗？我们是电视一台的，可以问您几个问题吗？”记者喊话的音量大到隔壁邻里都听得见。

“我拒绝。你们这是骚扰。”

记者并不理会一登的回答，自顾自道：“我们不拍脸，您只要回答两三个问题就行。”说着便伸脚迈过院门。

“请不要随意进入私人土地！”一登出言阻止其行动，“就因为你们擅自报道，害得有人找上门来搞恶作剧，很影响我们的生活。”

“您是说昨天的采访吗？那不是我们。如果您有什么想说的，我们听着。”

“我没什么想说的。我就想让你们别来烦我。”

“规士还没联系过你们吗？”摄像师已经扛起了机器。

“没有。”

“您担心吗？”

面对这种毫不顾及别人感受的质问，一登不愿再多纠缠，转身便走。

记者的话音紧追而来：“一句话就行，请您说一句。关于去世的仓桥与志彦，请谈一句您的看法。”

一登转身瞪着记者：“你凭什么问我有什么看法？满口拿我儿子当罪犯的语气。现在还什么都没查出来呢，你就认定他是凶手了？”

“不是啊，我根本没有那个意思。”记者面不改色，轻描淡写地敷衍了过去，“只不过，就在案发前后那段时间里，您家儿子也失踪了，您作为父亲一定很担心，所以想问问您现在的内心感受和对这个案子的看法。”

“那你就应该注意你问问题的方式。我们家孩子说不定也是被害人，你说话时有没有考虑过这个可能性？”

“那么您这番话具体是指什么呢？”

什么具体指什么——记者这样的说法明显说明他根本就是放弃了思考，唯一的打算就是想尽一切办法让对方开口。一登对此十分厌烦，再次转身背对众人。

“请您谈一谈，为什么觉得自己的儿子是被害人？是不是有什么情况，是只有身为父亲的您才了解的？”

一登不理会记者的提问，径直回家去了。

早餐只有米饭、味噌汤和咸菜，正吃着，家里的电话响了。

“……哦，早上好！”贵代美接起来后，语气忽然郑重起来，“好的……好的……是的。”她神情顺从地接连答复道。

“星期六晚上走后就一直没回来，昨天警察上家来了，问了我们许多。我们现在对于事情原委也是完全没有头绪……

“嗯，好像是……和初中时候的足球俱乐部的队友一起玩儿的，我也有点感觉，好像是有什么矛盾……

“真是对不起，添麻烦了。是……哦，是吗？知道了。是……非常抱歉。”

一登见她态度越发惶恐，又一直在讲案子的事情，十分好奇电话那一头究竟是谁。待贵代美放下电话他就立刻问道：“谁呀？”

“高中的教务主任，”贵代美答道，“说学校今早接到了警方和媒体的电话，正在开临时紧急会议。”

一登也料到事态迟早会发展到这个地步，只是一大早就得面对这些，实在太过压抑。

“那边有没有什么新的消息？”

“他们也是临时聚到一起，还得打电话问我们呢，当然什么也不知道了。”

一登看着贵代美态度冷淡地回应自己，忍不住说了一句：“无所谓，不过，就算他是学校的人，你下次讲话时态度也别太卑微。”

“什么？”

“你那个态度，让人听着觉得我们已经认定了自己有罪似的。保不准学校那边也会乱想。”

对于一登的这番话，贵代美已不想回应，而是收回视线继续吃起饭来。

“是寺沼警官吗？”

“是，我是寺沼。”

吃完早饭后，一登坐回沙发上又打了个电话。这次是寺沼接的。

“我是石川规士的父亲。”

“哦，石川先生……昨天有劳您了。”寺沼简短地打了招呼后问道，“出什么事了吗？”

“今天早上，我发现有人朝我们家门口扔生鸡蛋，我给警察局打过一次电话，不知您听说没有？”

“哦，是吗……可能我们这边出了什么岔子。”寺沼答话的语气并没有愧疚，“具体什么情况？”

“我一开门就发现鸡蛋在门口溅得四处都是。看你们也不像要出警的样子，我已经打扫了。”

“是这样啊。既然情况不是很严重，那……只能请您接下来多加小心了。”

情况当然算不上严重，可这种事情叫人怎么小心？对方那样事不关己的语气虽让一登心中不快，但同时他心里又自嘲地认为，为这种事情去找警察本身就是找错了人。他有些迷茫了，不知心中的积愤究竟该向何处发泄。

“规士的事情，之后有什么新的进展没有？”一登定了定神，换了话题。

“眼下还没有什么需要跟您那边报告的情况。”

“之前说可以通过手机的微弱信号定位，结果怎么样？还是不知道他在哪里？”

“抱歉，案情的进展情况，我们无法逐一告知。”寺沼漠然答道。

“你这话说的，如果规士被认定为凶手之一，的确应该这样。可是寺沼警官，之前可是你亲口说的，规士和案子是什么关系现在还不清楚。我的确去你们那儿交了失踪人口申请，但我的理由很单纯，就是因为我儿子失踪了，我很担心，而且是你们劝我的。那么我现在问问情况不是很正常吗？”

一登以稍显强硬的语气逼问，听筒里的回应听上去有些不知所措：“您说得没错，可是……”

寺沼沉吟了数秒后继续道：“好吧，但下不为例。微弱信号我们没能监测到。”

“没监测到？”

“是，”寺沼道，“能想象的状况有很多种，可能性最大的，是原来的 SIM 卡已经从手机里拔出来了。然后换了别的卡插在手机里……在这种情况下，之前的微弱信号自然也就消失了。”

“是规士自己那样干的？”

“我们并没有下定论。只是说有这种可能性。另备一张 SIM 卡替换掉原来的，是手机防追踪的常用手法。”

“常用手法？那些职业罪犯怎么样我不知道，规士可是个普通的高中生。”

“普通高中生知道这种事情也不奇怪。”

“你是想说，他现在是在耍这种手段躲避警方追踪了？那还不是把他当凶手吗？”一登忍无可忍，语气带着讽刺。

“我话里并没有那个意思，我们的行动需要考虑到所有可能性。”

这就等于是在说，他们已经相当关注规士是凶手这个可能了。他的语气听起来也比昨天冷漠许多。

一登又想到一件事，遂问道：“其他下落不明的孩子的手机是什么情况？”

“这就恕我无可奉告了。”

“也跟我们家一样，监测不到信号？”

寺沼没有回答。

如果几个跑掉的孩子情况相同，那么认为规士同样在逃也说得过去。

不对。一登转念一想道：“仓桥的手机是什么情况呢？”

“无可奉告。”

“他的手机不是也没了信号吗？光看手机有没有信号，并不能确定他是被害人还是罪犯。”

“当然，没错。”寺沼道。

“寺沼警官，我总觉得，规士和仓桥一样，都遇害了。”

“这……我无话可说。”

“有传闻说，和规士一样失踪了的孩子里，有人给朋友打过电话，说他们杀了两个人。这事警方知道吗？”

“这是从哪里听来的？”

“我在网上看到的。”

“哦，是吗……”寺沼自顾自地嘀咕后道，“不好意思，关于您说的情况我实在不好评论什么。”

“车上下来两个人跑掉了，下落不明的却有三人。多出来的那一个，和仓桥一样都是被害人对吧？”

一直坐在餐桌旁听一登讲话的贵代美起身回卧室，砰的一声关上了门。

一登并不理会，继续道：“另一个被害人一定是规士。为什么从你们警方到媒体，还有社会舆论，几乎都把规士当成凶手一样看待呢？”

“我们完全没有那个意思。”

“我不管你们是什么意思，就因为你们的消息不及时公布，外界才听信胡乱编造的谣言，为了泄愤而擅自选择攻击对象。你们再这样不作为，接下来就不是被扔生鸡蛋了，还不知道我们要遭受什么样的损失呢。”

“关于人身安全我希望您能多加注意，可是我们办案期间掌握的消息不能对外公布，这点还请您谅解。还有一点，我们办案时不会放过任何可能性。”

“规士不是凶手，请你们早些对外宣布。”

“您作为一名父亲的意见我们先听着。”寺沼应和道，“趁这个机会，我们这边也有一件事情想问您一下，可以吗？”

“什么事？”

“案发之前，您是否见过规士持有小型刀具，或者听说过他通过外界途径得到了刀具？有没有发生过类似的事情？”

据说仓桥的遗体有多处刺伤。一登立刻明白，对方问的事情与此有关。

一登没收了规士带回家的刀，所以这个问题他完全可以表示否认。实际上他也打算这样做，话都已经到了嘴边。可转念一想，对方是警察，或许他们已经掌握了规士曾从某商店购买过刀具的证据。一登认为，此时最好不要招致误会。

“说实话，大约半个月前吧，曾经见过。我在家里发现他自己有一把工具刀。我问过他用途，但是他没有明确地回答，所以我就替他保管了。就这些。”

“您替他保管了……确定吗？”

“确定。我放在工作室的工具柜里了。”

见一登说得很笃定，寺沼便也以表示认可的语气应了声“是吗”。

“现在想想，可能那孩子当时已经隐约感觉到了人身安全存在威胁。”一登说着，忽然觉得一阵伤感。当时如果能认识到规士正受到威胁，现实或许将是另一种结果——想归想。他心里同时也有疑虑，再怎么慎重考虑，自己真的具备认清真相的能力吗？虽然他曾对规士他们讲，能看清他们的未来，但是很可惜，自己并没有超能力。

“可以理解。”寺沼的回应没有任何情感，仿佛这一切丝毫未曾触及他的心弦。

由高山建筑负责施工的秋田家的房子进展顺利，预定利用今天午休时间举行上梁仪式。

这一庆祝仪式大约在整个工程过半的时候举行，近来常因为客户的要求而省略不办。看秋田夫妇的意思，似乎不大愿意忽视这种仪式性的东西，他们表示可以简略些但还是要办。

今天不是什么黄道吉日，不过也算是建筑动土的好日子，工作忙碌的夫妇二人时间上都合适。虽然有过中途更改设计方案之类的事情，不过工地施工方面一直很拼，就是为了赶得上今天这场上梁仪式。现在出了这种事情，其实一登也不是很想去，但这种时候他必须露面。待到快中午时，他就回卧室换了衬衫和工作服。

他撇下还躺在床上的贵代美出了卧室。二人之间没有一句对话。一登明白，她听了自己跟警方的通话后心中不快，但此时他并没有照顾她感受的意思。

一登来到二楼，朝雅的屋里看了看。

“补习班几点开始？”

雅坐在写字桌前，但笔记本并没有打开。她茫然地转过头来看着一登。

“一点……”

“那现在还有点早，不过我还是先送你出门吧。爸爸今天也要在外面吃，你妈那个样子恐怕也做不了饭。我给你点钱你去外面吃。车站前的麦当劳也行，哪儿都行。”

雅不置可否地点了点头，然后嘀咕了一句：“怎么办呀？”

“什么怎么办？你不打算去上课？”

雅没回答。

“既然当初报了名，现在就好好去上。老待在家里也没事做啊。”

听一登这样说，雅爱理不理地点头“嗯”了一声。

一登于是等着雅准备好，二人一同出了家门。

“啊，不好意思打扰一下。”

又一批和早上不同电视台的人等在了门外，一见到二人就堵了上来。之前门铃响了好几次，但一登都没管。

“我们赶时间，请你们让一让。”

“请问去哪里？”

“跟你们没关系。我说你们这些人，你们总这样等在这儿会打扰到周围邻居的生活，请你们不要再这样。”

“请您回答几个问题，只要两三分钟就行。”

“我没那个时间。”一登以不容分说的语气拒绝了对方，又对立在玄关不知所措的雅说道，“快上车去。”

“关于您儿子下落不明的问题，请您谈一谈，一句就行。”

一登不理会他的喊话，让雅坐到后座，自己坐进驾驶室。

“关于被害人仓桥与志彦……”

一登发动引擎，强行逼开了一众挡在车前的电视台工作人员，把车开了出去。

“好可怕……”

甩开媒体稍微喘了口气，一登听见了雅在后面小声嘀咕。

“你还好吧？”

雅没有回答一登，反而像征求对方肯定似的问道：“现在还不能确定哥哥是凶手不是吗？”

“当然了。”

“如果我哥真是凶手怎么办？应该会有更多媒体的人找上门来吧？”

这是显而易见的，但一登并未开口回应，因为哪怕一句简单的肯定都会加剧她的恐慌。

“还有我的考试怎么办？家里有人干出那样的事情，就算我去考丰岛女院也会被刷下来吧？”

“傻孩子……那怎么可能？”

“怎么不可能！私立学校在这方面是很苛刻的。有了这样的污点，再怎么拼命努力也不可能被录取。”

“想太多了。你就是你自己，跟这事没关系。”

“人家可不这么想。”雅有些激动，声音也变大了，“一般来说，家里要是出了杀人犯，那都得搬家呢。被逼得走投无路自杀的人也不少。什么家里人没关系，根本说不通。我以后恐怕工作也找不到，连婚都结不成。”

“别胡思乱想了。”

“本来就是……”

“我不愿意相信规士是凶手之一，”一登说，“就算真是那样，责任也在爸爸，我是他父亲。雅，你心里明白这和你没关系就行。”

雅沉默了，不一会儿又突然开口道：“不是凶手倒还好……”

一登透过后视镜看雅。

她的神情冷漠，似是刻意压抑了情感，但眼眶里却含着泪水。

“在妈妈面前我开不了口……我希望，我哥不是凶手。他是凶手我真不知道该怎么办。”

如果规士不是凶手最有可能发生什么样的事——很显然，雅在说这番话之前已经知道了答案。

雅在观点上是和自己站在同一边的，一登想。

那又怎么样呢？这并不会使人更放心一些。女儿嘴里的话语带着无比残酷的气息，甚至让一登恐惧，他无法轻易承认自己也抱有同样想法。

但一登又觉得，像这样无奈吐露心声的女儿很可怜。

一登让雅在车站前下车，然后就朝着新座那边秋田家新房的工地去了。

秋田家二楼的梁柱已经搭好，眼下正要把大梁架到房顶上。

工人们站得很高，相互喊着口号，微调着位置组装梁木。秋田夫妇则带着孩子们在下方仰头观望。

“总算是有点成果啦。”一登站到他们身旁说，夫妇二人满面笑容地收回了仰着的头。

“真是不好意思，提了许多过分的要求。”丈夫将笑容切换至苦笑道。

“没有没有，要真是离谱的要求我就不会接受了。”一登摆摆手回应道，“这次我也认为有戏，才下决心重做，从结果来看我觉得挺好。”

“全托您的福。”妻子说着，行礼道谢。

“哪里，全亏负责施工的师傅们出力。今天讲话的时候，您就替我感谢感谢他们吧。”

“我会的。”丈夫说着，再次仰望不久即将变成自家住处的巨大的木材框架，“光是这框架结构，这样看着它被一点点做出来，都让人觉得有点感动啊。”

“您不觉得，这种木构框架光是构造就美得让人着迷吗？”

“觉得觉得。”夫妇二人点头。

丈夫又继续道：“美，而且看起来特别结实。之前我还担心纯木头的万一碰上地震怎么办，看到这个结构我就放心了。”

“框架结构对房子非常重要，”一登道，“我们盖的房子，一般的小地震根本不成问题，您大可以放心。”

“谢谢。当初和您商议细节时，您说要让房子成为家庭形态的实体，听上去应该是先有家庭再有房子。现在我倒是觉得，等我们住进这个家里后，我们这个家庭成员间的情感维系也会更加牢固可靠呢。”

房子是家庭形态的实体，这是一登的建筑哲学，也是他接活儿时常对客户说的一句话。

但如今面对眼前这对夫妇，他却从秋田先生这句话里听出了一丝讽刺的味道。一登转头，想看他是不是真有那个意思，但对方脸上有的只是纯洁的光辉。关于笼罩在一登的家庭上方的乌云，这对夫妇似乎并不知情。

“供品都没问题吧？”

一登换了个话题，夫妇转头看了一眼摆在一旁的几个纸包。

“是，您说的都带来了。”

“那好，我也帮忙准备一下。”

“那就有劳了。”

一登暂别二人朝高山建筑的老板走去，他正和工地负责人一起监督上梁的施工。

“辛苦辛苦。”

高山老板闻声看向一登，微微点头回了一句：“来啦。”

一登从他的态度里感觉出一丝冷淡，脚步不由得沉重起来。

“一会儿再聊吧。”

一登见对方示意自己不必靠近，便点头回应。高山重新抬头观看施工。

他可能听到了什么关于案情的消息——这个几乎全凭直觉的想法在一登脑海里闪过。

迈向秋田夫妇的脚步也沉重了起来。

大梁安装完毕，一登带秋田先生去二楼搭了祭坛。摆好供品，男人们都上来站好，由施工负责人主持了一场简单的仪式。盐、米、酒撒向四方，众人和着号子将双手用力拍在一起做合掌状，仪式结束。之后大家下楼就着便当吃顿简餐。

“今天上梁仪式顺利举行，全靠高山建筑和工地上各位，还有石川先生尽心尽力。这是我们梦想的家，我们都盼望着它完工的那一天。同时也希望各位在施工时不要出任何意外，千万注意人身安全。接下来还得拜托各位多费心。”

秋田略带紧张地讲完话，众人围坐在简易桌边拍手。

轮到一登讲话了。

“今天这个上梁仪式办得喜气洋洋，从中我也能感觉到秋田家对他们的新居所寄予的热切期望。同时，看着一家人梦想中的新居一点点地成形，也让我再次深刻体会到做这一行的喜悦。就像以前一样，接下来的工程还有一些地方需要各位多操心。可能有人要抱怨了，说，‘这个建筑师怎么搞的，怎么又设计得这么复杂’。往好的方面讲，这些地方也正好让各位大显身手，希望各位顺利完工，当这栋房子完工的那一天，我们再一起分享这份喜悦。”

按当下的心情，讲话其实很难有精神，不过一登仍然像往常一样地讲完了这番话。工人们中途发出轻声的笑，待讲话结束，他们也送上了和刚才差不多的掌声。

一登打量了一下在场所有人，发现只有高山一副爱理不理的模样，既不拿正眼瞧自己，也没有拍手鼓掌。

高山也简单讲了几句，不过只是叮嘱谨慎作业，避免事故，声音里也没有了以往的那股干劲。

一番讲话过后，众人欢喜地吃起了便当。在秋田夫妇的邀请下，也有工人喝起了啤酒。一登开车来的自然不能喝，高山也谢绝了。

高山吃完便当就离了席，坐到扁柏木的房屋根脚上抽起了烟。一登时不时地瞟他几眼，很快，高山和一登视线相对，朝他摆了摆手。

一登离开座位走到高山身边。

高山见一登在身旁坐下，起初并未开口说话而是继续吞云吐雾一番。不一会儿，他终于开口了：“我听花冢跟我说，你家儿子，好像跟他外孙那件事情有关系？”

“花冢师傅这样讲的吗？”

高山轻轻点了一下头：“凶手一直抓不到，听说也是未成年人，不过具体情况警察是一点消息也不给。他家一帮亲戚，还有他女儿夫妇以及身边的熟人都气得不行，从外头打听来许多消息，其中就有你家儿子的，而且据说可信度还挺高。”

“是吗？”一登听着他的话，心情很沉重。

“还有，电视上接受了采访的那个，电视上没露脸，那个是你吧？”

一登神情严肃地点了点头：“我儿子从星期六晚上起就下落不明了，这是事实。警察也上门来问过，之后我们还去申报了失踪人口。”

“你知道他跟花冢家外孙两人是朋友吗？”

“我之前一点都不知道，听说他们初中时在同一支球队里。”

高山闻言，深深地叹了一口夹杂着烟雾的气：“我真的很为难……你说这事现在怎么办？”

面对对方近乎指责的抱怨，一登一时间无言以对，他尽量保持了冷静回答道：“我当然也觉得仓桥遇上这事实在可怜，而且我跟花冢师傅也有交往，心里就更难受了。可是……我儿子跟这案子究竟是什么关系，现在还没定论呢。”

高山狠狠瞪了一登一眼，轻轻“啧”了一声道：“你这说的是什么话？人家可是人都没了。永远没法挽回了。你站在人家立场上想想，究竟是什么关系根本不重要，那都无所谓了。”

“不，有所谓，”一登道，“我说的不是那个意思，我要说的是，我儿子到底是不是跟凶手一伙的，现在都还不知道。”

“什么？”高山皱眉盯着一登。

“说不定，我儿子也遇害了呢……现在还什么都不知道。”

高山的视线离开了一登，他低头沉默了一会儿。随后他轻轻摇头道：“你这话恐怕有点牵强吧。如果你儿子也遇害了，为什么到现在还找不到人？”

“这我也不知道为什么。警察什么都不告诉我们。”

“头疼啊，头疼……”高山自言自语般说道，“我作为一个局外人，只觉得你现在这样说，只不过是利用你儿子仍然下落不明这一点，给自己找一时的借口而已。”

“可是，确实——”

高山打断了一登的辩驳，继续说道：“听来的消息也不知道真假，但我就是忍不住要说出来。如果不对，那不好意思。我听说你儿子——是叫规士来着？——性格很强势，在球队里哪怕对高年级学生也是一点不留情面，指责别人不给他传球。当然，他那个态度也是因为有实力，初中时好像还升上了一队，挺活跃的。相比之下，与志彦总在二队里没有长进，规士对他来说是朋友，但更是个不能反抗的人物。

“不过规士呢，最后不也没能升上俱乐部的高中生队伍吗？听说他虽然踢得好，但总单打独斗，破坏团队配合，所以人家才不要他。我虽偶尔才看看日本国家队的比赛，但是，技术好不代表就能打比赛，这个道理我还是明白的。

“然后他进了高中的球队继续踢球，结果因为伤病也踢不下去了。唉，据说当初他可跟别人说过想去踢J联赛，这一来恐怕就有点堕落了。也就是在那之后，他就自暴自弃，还带着与志彦到处混。那个与志彦也是个老好人，人家叫他也不好意思拒绝。结果就越玩越疯，整晚整晚在外头晃荡，开始干坏事取乐，最后一帮人因为要不要散伙的事情起了纠纷，终于造成了最坏的结果——外面就是这样传的。”

高山嘴上道那只是传言，但看向一登的眼神却俨然显示他相信这是真的，要以此试试一登的反应。

“你讲的那些话里有多少是真的，我不知道。”一登垂下眼皮，“规士以前的确一心扑在足球上，可能真的曾梦想过成为一名职业球员，也可能是他的这份执着导致了他言行狂妄。可说到底，他再怎么样也只是个孩子。因为凭自身实力难以在J联赛的赛场上驰骋，就想着找一支成年队老老实实踢几年，然后努努力当个教踢球的——他不会有这种太过现实的想法。说难听点，没晋级进入青年队也好，受伤也好，里面多少也包含了运气的成分，大多数人在成长过程中都要接受这种来自现实的洗礼，正常情况下，人们会在这种时候认清现实，想法也会更为实际。

“要不要把这些事情看作挫折是他本人的自由，但那也不过是成长道路上的一小步而已。我很难相信，我儿子是个连这点困难都无法克服的人。不踢球了，有时间了，跟一帮无所事事的朋友到处去玩了，这些我都能理解。但要说这样就导致了这次的犯案，这中间也太过跳跃了。我不觉得他自暴自弃到了那个程度。我不知道他们到底做了什么坏事取乐，但你要说我儿子起了纠纷，导致了仓桥的牺牲，那实在有些难以想象。”

高山一直仔细听着，只是最后仍做出了有些难以理解的模样：“我知道你不愿接受事实，要我说，想要理解孩子们的事情，根本用不着你那种艰深的大道理。”

“嘴里说出来可能像在讲道理，其实并不是。我讲的是我儿子的性格，是我自己的亲身体验，是从这些东西里面得出的感受。”

“工作上的道理可以讲数据、讲根据，我可以听进去，但你这个就牵强了。你要说谈感受，那我也一样是在谈感受。我脑子不灵光，这世上我不懂的事情太多了。但是，谁是好人，谁心里难受，这些我还是明白的。我愿意站在那种人身边支持他们，我本性就这样。

“石川先生，我跟你往来快十年了，但我跟花冢可是三十多年的交情。这次的事情，你要问我帮谁，那我只能站在他那边。要不然就是坏了我自己的规矩，在这一行也混不下去。我的一举一动，那些工匠也是看在眼里的。如果让人瞧不起你的为人了，那也就完了。

“所以呢，石川先生的生意，往后我这里可能没法做了。至少花冢涂装那边肯定是不接你的活儿了，愿意继续跟你做事的估计也不太多，你接下来的生意恐怕也不太好做，这都是没办法的事情。我这边也相应少做不少活儿，其实我也难受。但是这一次只能这么办。我刚才说头疼就是这个意思。你呀，也不要总觉得难以接受，必须得面对现实。趁我俩现在还能好好聊，这些话我就先放这儿了。”

一登听着高山的话，感觉眼前的一切正一点点地被封入黑暗之中。

当初他最害怕的，就是自己的事业会受到此事的影响。

最近这五六年，一登负责设计的住房但凡用到木构框架技术的，几乎全都交给了高山建筑。以前他也找过别处，后来渐渐就集中到高山建筑一家了。因为他们的确手艺过硬，能够忠实地再现自己的想法。

一登做的设计里，木构框架结构和钢筋混凝土及其他结构的比例大概是七比三。一登本身也偏爱大量使用纯原木的木构框架工艺，身为建筑师的他将此作为自己的卖点。高山建筑这样断绝往来就相当于拧掉了自己的双手。

家里要是出了杀人犯那全家都得搬走。被逼得走投无路自杀的人也不少——之前雅曾这样说过。

接下来的事情，自己能应付得了吗？

他在心里不断告诉自己，规士还没被当作凶手，他遇害的可能性更大。然而，巨大的不安也不受控制地弥漫开来。

“听说与志彦的遗体今天总算可以被他父母领回家里了。算算日子，明天就得办葬礼守夜。他们也太苦了，简直是噩梦。听到这些，我就更不能站在你这边了。你不要怪我。”

真相尚未大白之时就被当作了凶手，一登心里满是抵触。

但自己的证据也只不过是来自期待和推测，想要说服高山这样的人还是太单薄了，这一点他很清楚。

一登已经没什么话好反驳了。

14

一登出门后，外头喧闹了一会儿，很快又安静了下来。贵代美晃晃悠悠地走出卧室，坐到餐桌旁的椅子上。她就那样发了会儿呆。明知雅要去上补习班，必须得做午饭了，但就是不愿意动。过了一会儿，她注意到二楼已经没了动静，这才意识到雅已经出门去了。她脑海里关于现实的部分也只有这一点了，其余全都随着汹涌而来的不安而飘摇不定。

听到一登给警察打电话，强调他认为规士遇害的主张，她感觉心中的不安感越发强烈，一刻也不愿意在那里停留。

他竟然专门打电话给警察主张那些事情，他究竟是带着怎样的心情？贵代美完全无法理解。

那就等于在说规士已经被杀死了。

等于在说那正是他发自内心的希望。

哪怕那些话并非出自真心，她也不想听。说到底，他就是不能原谅自己的儿子是杀人凶手，才那样讲而已。一切只不过是因为他不愿承担责任，是出于逃避心理的期待和猜测。那种东西她无法认同。

规士一定还活着——贵代美凭借这一稍显偏执的想法，竭力将心思放在猜测规士现在的处境上。

警方好像也还没有找到他的下落。她不知道案子如今查到了什么地步，但她觉得，毕竟牵涉到未成年人，即便是有些眉目，只要还存在不确定的成分，警方应该都不会公开消息。

一登今天是不是去参加工地的上梁仪式了？

眼下这种情况，他还能装出若无其事的模样出席人家的庆典，就算工作的事无可奈何，这样的心理素质也真是让人羡慕——贵代美有些挖苦地想。她自己已完全无法着手工作了。

外头传来停车的动静，不一会儿门铃就响了。从昨天到今天，门铃已开始让她感到莫名的恐惧。她心想，反正都是来采访的媒体，已经做好了不搭理的准备，不过还是看了一眼显示屏，里面出现的却是春日部老家姐姐的脸。

她应是放心不下而来看望了。来了也改变不了什么，不过贵代美也确实感觉，这样至少心里有些底气。

她打开了锁上的门。她还没来得及仔细看聪美，却先注意到站在姐姐身后那个消瘦的身影，不禁为之一惊。

“妈……”

母亲扶美子点了点头算是回应。

“我听说这次扫墓你们回不去，就过来看看。”

母亲说完朝贵代美露出无奈一笑，就像是往苦涩的咖啡里添了一勺砂糖。

“这么大老远的，你没事吗？”

“也没什么远不远的，反正一直都坐在车里。”

母亲说话时的脸色似乎不坏，这至少让贵代美心安一些。

“你让我别说，可毕竟住在一起，哪那么简单。”

看来母亲也知道了。见聪美若无其事地扔下这么一句，贵代美投去抱怨的一瞥，可又没法责备她，只说了句“进来吧”，把二人让进屋。

“一登有个推不掉的工作……雅今天去补习班了。”

见贵代美解释起丈夫和女儿为何不在家，母亲应了声“是吗”，然后将裹着便当的布包放到餐桌上。

“贵代，午饭吃了没？”

“嗯，还没。”

“哦？那正好，”母亲说着打开包裹，“我寻思着你就没吃，在家里做好带来了。”

见到包在铝箔纸里的饭团，贵代美心中满是怀念的味道。是呀，妈妈的便当总是这样……这份回忆给她冰冷的内心带来了一丝温暖。

三段式的便当盒里结结实实全塞满了菜，应该是也准备了一登和雅的。

“这些都是拿纯天然食品做的，好吃得很。这种时候不吃东西可不行。没了体力，气势也就输了。”

“谢谢……我去泡茶。”

母亲的慈祥让贵代美的眼睛发酸，她心想得干点什么，于是走向厨房，却被聪美拦住说，“别忙了快吃吧”，结果只是洗了个手就又被推回了餐桌。

“饭团，这边是梅干的，这边的放了碎鲑鱼肉。这个芋头也入味了，还有这个藕，甜辣口的很好吃，你多吃点。”

“谢谢，妈，你们呢？”

“我们当然也一起吃啦，”聪美边泡茶边说，“你可别一个人全吃了。”

“我怎么可能吃得了这么多，”贵代美微微一笑，拿起筷子，“那我先吃咯。”

她完全没有食欲，不过芋头也好，藕也好，放进嘴里后浓郁的味道就弥漫开来，使得她不由得咀嚼起来。原本感觉喉咙已经堵成了一条缝，这些食物却滑溜地全咽了下去。

母亲说要一起吃，却把便当盒推到贵代美面前，自顾自地在一旁看她吃饭。让她这样看着吃怪别扭的，不过贵代美的嘴仍不停地动着。

那是什么时候的事了？

贵代美不经意间想起，自己曾哭着吃下母亲亲手做的菜。

那是小学二三年级的时候吧……很久以前了。

为什么哭她也还记得。

她去朋友家玩，那孩子拉她一起去买东西，说有钱。家里人当时只允许贵代美拿一百日元硬币当零花钱，那孩子竟掏出了一张一千日元的钞票给她看。贵代美当然很吃惊，不过还是听对方的一起去购物，买了零食和玩具带回她家玩。

没过多久，那孩子的母亲回家来了。她见到那些零食和玩具，就质问哪来的钱买这么多东西。原来，朋友手里的钱并非她的零花钱，而是她发现客厅里放了钱，未经允许就拿走了。

那孩子的母亲责骂了她。听说有一些是贵代美想要才买的，便也没有放过贵代美。她跟到贵代美家告状，告诉贵代美的母亲两个孩子都干了些什么。最后贵代美的母亲道歉并赔了一半的钱，这事情才算了结。

现在想一想，或许当时双方的家长都有借机教育孩子的意图。只是，贵代美对于自己的行为导致妈妈被迫跟别人赔礼悔恨不已。她知道家里不富裕，因为自己而产生这么大损失也让她很受打击。也正因为不富裕，她更憎恨自己轻易挥霍他人钱财的肤浅。

朋友的母亲回家后，贵代美的母亲就准备起了晚饭。关于钱的事情她只字未提，只在饭做好后说了一句“开饭”。贵代美刚吃过零食所以并没有食欲，但塞进嘴里的饭热乎乎的，咀嚼下咽，暖意就融进了肚子里。

悔恨和窝囊的情绪喷涌而出，贵代美哭着吃完了饭。

那段记忆瞬间复苏，在脑海深处绽放出余晖，很快又消失不见了。

如今，面前的母亲已经苍老，白了头发，起了皱纹，面颊也消瘦了。

贵代美却和当初一样哭了起来。

她就像个总也哄不好的孩子，不住地抽噎。

“贵代啊，”母亲拉过贵代美的手轻轻抚摩，“苦了你啊。真是可怜……你真辛苦啊。”

“我该怎么办？我不知道……”贵代美呜咽着挤出声音，“规士，可能是凶手……如果不是凶手，那就可能已经遇害了…… 现在各种说法都有，我全乱了。”

贵代美紧抓住妈妈的手倾吐内心的苦楚，任由呜咽的波涛摇晃不停。

“一登老说规士不是凶手，说他不会教出那样的儿子……可我想要他活着，我只是希望他活着而已…… 我真的快撑不住了。”

“心里憋得很难受吧…… 这也不怪你。”聪美似乎也流下了同情的眼泪，她一边哽咽着，一边拿手帕擦拭贵代美满面的泪痕。

“贵代，不要紧的，”母亲不住地点着头道，“小规一定还活着。多好的一个小男子汉呀，他不会那么轻易就死。没事的。”

“我也这么想，可是……”

“一登他也是因为事情太突然，完全没有心理准备才那样讲。好啦，快把脸擦擦干净，哭够了吧？”

听母亲这样讲，贵代美才拿过聪美手里的手帕擦起脸来，还拽了面巾纸擤鼻涕。

泪水还在往外涌，但心情总算是平静了不少。母亲见状点了下头，又拉起贵代美的手。

“贵代啊，现在最重要的就是心里要做好准备。只要心里有准备，什么事情都不可怕。接下来啊，你要过的日子，跟你以往的生活天差地别。你的头要低得不能再低，连大气都不能喘，再普通不过的事，那也是人家的，跟你无关，你要这样活下去。我这个当妈的，一直希望你住进漂亮的房子里，吃着好东西，一家人都和睦，欢声笑语不断，享受幸福的人生。这些东西，你不是一直都在享受吗？其实，还有不同的生活方式。不一定非要住在这么好的房子里。觉得不幸福又怎么样？守护那些千万不能失去的才最重要。身为家长，你要负起责任来，每天为那个死去的孩子合掌悔过。这样，小规一定可以从头再来。一切都由你来替他背负，他一定能重新站起来。所以啊，贵代，你要放弃你自己，为保护小规做好心理准备……是不？”

听了母亲的话，贵代美又哭得止不住了。她一次又一次地点头，眼泪不停往下掉。

贵代美感觉获得了母亲的理解，这仿佛将所有盘踞在心头纠缠不清的不安都冲刷干净了。忍受腹痛生下自己的孩子，每天做饭，打扫卫生，生病了整日在旁照看，教导他人生的第一步，万般呵护地将他养育成人——都说孩子将来再怎么不幸，身为母亲都能接受。哪怕那是受万人唾弃、索然无味的生活，母亲都能接受。

若是如此，贵代美觉得自己做什么都可以。不管规士做出过什么事情，她都觉得自己没有理由不去接受。

“妈，对不起。妈，你身体不好，还老替我操心……不过，妈，听完你对我说的这些，我有了勇气。我要支持规士生活下去。谢谢你。妈妈，谢谢你。”

听了贵代美的话，母亲眼角闪出了泪光，她紧紧握住贵代美的手再次点了点头，仿佛要赋予女儿更大的勇气。

15

一登到家后，发现车库里停了一辆小车。他不知那是谁的，正讶异间看到春日部的车牌号，这才想到是姐姐的车。看来是因为这次的事放心不下，来看看情况了。

他把车停在那辆车旁边，走进家门。客厅里除贵代美外，还有聪美和岳母扶美子。贵代美和岳母面对面跪坐在沙发前，贵代美正低头接受母亲的“净灵”。那是岳母所信仰的宗教里一种以手接触对方的祈祷方式，用来治愈疾病和伤痛。

以前一登去春日部时抱怨了一句肩膀痛，岳母也建议他做这个。一登心想反正也没什么害处，就老实接受了。贵代美似乎并不怎么喜欢这种宗教的东西，还曾直截了当地对一登说过，她觉得这个教就是专找那些因为疾病而心理脆弱的人，图的是他们的钱。那时候岳母也劝她试试，但她委婉地拒绝了。

而现在她居然一本正经地低下头，接受了岳母的“净灵”……眼前的光景让一登不禁一愣，他努力保持了平静，向岳母和聪美打招呼问候。

岳母只转头示意了一下，随后又继续面朝贵代美了。

“回来啦。我给你泡杯茶，还是要咖啡？”

见聪美招呼自己，一登就要了咖啡。

“这次你俩真是辛苦了。你还得忙工作……有没有好好睡觉？”

“嗯，唉……算不上睡得好。”

一登坐到餐桌边，聪美将咖啡放到他面前，自己便也在旁边坐下。

“贵代看起来挺难受的，这种时候你们夫妇可得互相依靠。”聪美稍微压低了些声调，仿佛是为了配合屋内的安静。

“嗯。”一登轻声回应。

“我知道你们有许多担心，首先最要紧的，还是祈求小规平安回来。人都是要活命的。其余的问题以后再谈。过后你们可以慢慢考虑要怎么办。”

听了聪美的这番话，一登大致明白了贵代美都对她们倾诉过什么。

“身为父母，这个时候得扛起所有责任。我想你们只要做好这个心理准备，接下来一定能够诚心祈求小规的平安。”

“不是你们想的那回事。”

一直以来，一登和聪美交谈时从未明确地表示过反对，更没驳斥过她。因为他觉得，如果她嘴里的意见和自己的不同，当成耳旁风就好。满脸严肃地争执只会导致关系僵硬，没有任何好处。

但是这次的事情，他无法保持沉默。

“如果我也觉得，不管怎么看规士都和凶手是一伙，我自然也会下决心。身为父母的责任，我从来都打算承担。可是，现状并不是这样。相反，他被害的可能性反而更大。”

“你讲的这些，现在不也没有确证吗？那完全用不着像现在这样硬扛着呀……是不是？”

“什么可能性大，他心里就是觉得那样才好。”正安静接受岳母“净灵”的贵代美，忽然冷冰冰地甩来这样一句。

“相信自己儿子的清白有什么错吗？”一登尽力压抑着情绪反问道。

“你最在意的就是别人的眼光吧？”

“贵代！”聪美略带责备地喊了一声，“没有你这样讲话的。”

“你别说什么别人的眼光，你清楚身为罪犯的亲人，人家会怎么对待你吗？”一登继续道，“就今天早晨，还有人朝我们家门口扔了生鸡蛋。我问你，如果规士是凶手，今后这种事会发展成什么样子？甚至连雅都不知还要受到怎样的牵连呢。现在不是嘴上说说什么承担责任那么简单。

“而且，被害人可是花冢家的外孙。刚才我才见过高山建筑的老板，人家跟我讲得很清楚。他说，如果我们家儿子是凶手，今后这生意就做不成了。高山建筑一旦翻脸，这一行里其他人也不会理我。到时候闲言碎语一来，我可能连客户都没有了。这些你明不明白，就那样讲话？”

“我怎么不明白？”贵代美的语气仿佛一登说的那些都不是问题，“反正一旦要赔偿，这个房子肯定得卖掉，住的地方也得换，一切从零开始，这还用说吗？”

“哼，你说得倒简单……”

独立创业二十年的职业生涯，还有代表了职业生涯巅峰的这个家，居然这么轻易就放弃，说什么“一切从零开始”——他无法理解贵代美为何能说出如此不负责任的话。

“你知道，从零开始究竟意味着什么？”

“能有口饭吃就行。只要能有口饭吃，不就好了吗？”

“没了工作，连饭都没的吃。”

“我也有工作，一口饭我还吃得起。”

“荒唐。”

一登真的觉得这番对话很荒唐。可同时他又隐约感觉，这话里有些部分似乎又冷静而透彻，所以他的抱怨并不那么有底气。

解读一下这番话，意思是，只要她自己还能赚钱就足够了。她的原话则是，只要还有钱有口饭吃就行。也就是说，她已经有了相应的思想准备。

而在这份思想准备面前，一登的经济实力、常年的事业积累都不具备任何意义。这相当于已经宣判了一登的价值也仅此而已了。

支离破碎。

事情的真相尚未大白，接下来的发展方向全无头绪，日常生活却在轰鸣声中支离破碎，并且这轰鸣声已然大到无法忽视的地步了。

岳母完成了“净灵”，双手合十行了个礼。随后她缓缓起身行至一登身旁。她朝一登和善地一笑，在他身旁坐下。

“一登啊，你话里的意思我很理解，”岳母道，“谁都不愿相信，自己的孩子竟然做出了那样过分的事情。做父母的想法都一样，孩子干什么都行，就是不能给外人惹事。

“但你们要为了这样的事情争执，接下来什么都做不了。两个人的想法都重要。也许有那个可能呢？或许也需要这样的心理准备呢？我觉得，现在两个人的想法不同也无所谓，为孩子考虑的心情是一样的。等到真相大白的时候，有这个心理准备很重要。所以，就算你们的观点不同，也没有必要相互争执。”

一登发出叹息，让自己保持冷静。

“我懂……是贵代美她找我抬杠。”

“我的想法很简单，我就不愿意你把规士当作被害人，”贵代美仍话中带刺地冲一登说道，“是我们从他手里夺走了刀子，是我们害他那样的，如果儿子是被害人，那责任就在我们。”

“你这是什么道理？”

“不就是这么回事吗？如果规士手里有武器，他或许还可以抵抗，对方也会有所忌惮，说不定这事就不会发生了。”

“你这是只看结果。有谁见到孩子手里莫名其妙多出了把刀，会想到不去管他才是正确选择？”

“我不管什么知不知道、结不结果的，反正，孩子走上绝路，我们的所作所为也是原因之一。”

她明明在讲歪理，却精准地戳中了一登的痛处。关于刀子的处理，在一登本人心里无疑也是一道坎。没收刀子是事实，也是一个重要证据，可使人相信规士并非凶手。但同时，如果规士成了被害人，这件事或将化作悔恨的种子留在一登的心底。

但一登还是觉得这是典型的结果论，只不过是他们在精神脆弱时强加给自己的自虐式思考。所以并不能由此就得出应将规士视作凶手的结论。

“反过来说，你就是害怕这一点，才不愿意相信规士遇害了不是吗？说到底，你这种想法只不过是逃避而已。”

“不是。我只愿意相信孩子平安。”她狠狠地瞪着一登说道。她湿润的眼睛里充满了悲壮而不可思议的力量，使人不敢直视。

以前的贵代美，并不是个会以这种极具攻击性的方式表达自身意愿和情感的女人。家中若是起了什么争执，或者有谁讲话过于激动，都是她负责从中劝解和调停。

昨天她对一登表示了异议，尚可认为是在巨大的精神压力下不得已而为之，也算是一种悲鸣。

可现在不一样。她意志坚定，聪美所说的“觉悟”已在她心中萌芽——她的眼神正如此诉说。

此时门铃响了，一登和贵代美都没有动作，于是聪美起身去应答。

“我们是都市电视台的，问几个问题可以吗？”

又是媒体。见一登对自己摇头示意，聪美应道“现在不方便”，可对方仍然换着各种方式死缠着不松口。结果聪美就直接切断通话朝门口去了，可能她觉得直接赶人更快一些吧。

外头开始骚动起来，和室内沉重死寂的气氛截然不同。玄关的门再次打开又关上。是雅，她和聪美碰巧打了个照面然后进了客厅。

一登抬头看挂钟，时间才刚过三点，他心想，雅今天回来得还挺早。

“阿雅。”

面对外婆的招呼，雅的表情却很僵硬。

“挺早啊。”

一登搭了一句话，雅则撇了撇嘴开口了。

“我上一半就回来了。”

“出什么事了吗？”

雅没有立刻回答，像是在思量该怎样倾吐心中郁积的愤懑，她停顿了一会儿又开口道：“有人跟我提我哥的事。”

“说什么了？”

“说‘现在正在逃窜的就是你哥对吧？’还说‘你家里有人是罪犯，丰岛女院肯定考不上的’。”

“谁敢这样讲话？”

“西中学的一个女生。本来跟她关系也不好，她也想考丰岛女院，所以总针对我。我早寻思着要是有人来找我碴儿，肯定会是她。”

即便是孩子的世界，也有这种当着人面说坏话的角色。他们凭借本能感觉到，通过这样的手段可以使自己在对方面前处于优势地位。

“我早想好了，要是有人来跟我讲什么，我就马上走。果然就有，我就直接回来了。”

雅身处那间教室里时，内心其实紧张得像一面玻璃。一登想象着她那副样子，感到痛心。

“我就说吧，一点都没错……”雅低垂着眉眼，心神不定地小声嘀咕道，“家里有人这样了，我肯定考不上。”

“真是荒唐，”一登叱责道，“哪有那回事。”

“可人家都说丰岛女院各个方面都很严格。”

“那就算了呗，”贵代美十分爽朗地开口道，“因为这样就不录取的学校，我们还不想去呢。”

“我才不想算了呢。”

贵代美见雅噘起了嘴，就轻轻摇着头应道：“学习在哪里都能学，并不是非得挤破头去上丰岛女院。有那样不为别人着想的同学在，去了也没意思。”

“那个女生成绩也没那么好，她肯定考不上。”雅并不和贵代美理论，而是回了这么一句。

“你不也差不多嘛，”贵代美继续补充道，“考得上考不上先不说，能不能去考都还不一定呢。”

“什么？”

“我的意思是，你得先做好心理准备，不管什么情况都能应付。”

雅一下子说不出话来，不一会儿又以沙哑的声音问道：“你说我不能去考丰岛女院了？”

孩子这样说是因为她心中不安，此时委婉地否定就好，可贵代美却一言不发，仿佛那就是她的回答。

“你说呀，”雅的眼眶渗出了泪水，“你回答呀！”

“阿雅，你坐下，”扶美子语气平淡地打断她道，“姥姥给你买了金锷饼，你不是喜欢吃吗？”

扶美子硬拉着雅坐下，拆开点心包裹，将饼放在桌上。聪美正好进屋，见状便说了句“我来泡点茶吧”。就在这短暂的一瞬，紧绷的空气似乎缓和了一些。

可贵代美却在此时起身，仿佛她连这点缓和也不允许，只见她自顾自说了一声“我还得工作呢”，便从柜里取出稿子在沙发前的茶几上摊开来。

一登目瞪口呆地打量着她的一举一动，心想，有什么必要非得在这个时候工作？很显然，现在她的心态已经不正常了。

雅拿起摆在面前的金锷饼面容呆滞地嚼了一会儿，一副心不在焉的模样。曲奇依偎在她脚边，想和她玩耍，可她连看都不看一眼。

“是不是我不考丰岛女院就行了？”雅放下咬了一半的金锷饼，望向在沙发前看稿子的贵代美，“我考仁德行不行？”

贵代美没回应。

“阿雅真是优秀，”聪美打圆场道，“想考哪里都行，了不起。”

雅没搭理她，直勾勾地盯着贵代美：“是不让我考东京的学校，还是不让我考私立？”

“你不用操心。”一登这样对雅说，但并无法帮她拭去心中不安的阴影。孩子们上学的事情一直都是贵代美负责的，雅也清楚自己升学问题的决定权掌握在谁手里。

“你倒是说句话呀！”雅起身逼问贵代美道。

“行了，你的金锷饼要是吃完了，就带曲奇散步去吧。”贵代美如此回答道。

“哼……凭什么呀？”雅被岔开了话题，轻轻跺了跺脚后发出粗重的鼻息，似乎在表示心中不满，“我才不呢，媒体的人还在外头等着呢。”

“等着又怎么样？”贵代美面无表情地反问道。

“行了，我去。”

一登的这句话贵代美并未理会。

“你爸爸带狗去散步，说不定又有人会觉得，现在事情闹得沸沸扬扬的，家长居然还有心思遛狗，所以我才让你去的。你看曲奇现在正想出去呢。你不带它去，它就得忍着大便，多可怜！”

听到“散步”这个字眼，曲奇有些亢奋起来。

“媒体的人把我围住了怎么办？”雅仍在抵触，看来她根本没那个意思。

“我看刚才那些人应该已经回去了，”聪美插嘴道，“要不我替你们去吧？”

“你就让雅去，”贵代美强硬地说道，“趁天还亮，也没有什么危险，赶紧去。”

“那我带曲奇去散步，你就能答应我去考丰岛女院吗？”

这样的交换条件也只有孩子能说出口，若不考虑别的，她其实没有任何错，可贵代美却将铅笔啪的一声拍到茶几上，她叹气的声音连一登都听得清清楚楚。

“雅……你打算这样撒娇撒到什么时候？”

见贵代美冷冷地盯着自己，雅愣住了，一动不动。

“你真觉得，只要你做了点什么，就一定得有回报？”

“可……”

“这世上，不是你想要什么就都能得到的。你说那间房好就要别人让给你，你说想养狗就让人给你买狗，你说想要笛子就要给你买，说想去补习班就得让你去……将来不可能永远都这样。就算你再怎么想，也总会有做不到的事情。”

“为什么呀……”雅的语调已被压抑成了哭腔。她双肩颤抖，喉头泄出了无法控制的呜咽。

“凭什么我就得为我哥牺牲？”

“什么叫牺牲？不许那么想。”贵代美说。

“本来就是啊……跟我又没关系。”

“我们是一家人，怎么能没关系？”

“爸爸说过，跟我没关系。”

“你爸拿你当小孩才那样讲。现在妈告诉你，那一套今后行不通了。”

“够了，”一登忍不住插嘴道，“你跟雅讲那些干什么？”

“所以我才说你总拿她当小孩，”贵代美的矛头又指向了一登，“想要知道这个家里每个人接下来该怎么办，你不让她面对现实怎么行？”

“什么现实？现实是现在还一点眉目都没有。你现在就一个劲儿地想今后今后，能有什么用？”

“可能我哥不是凶手呢？”雅哭着道，“可能他已经在什么地方让人给杀了呢？”

“住嘴，”贵代美压低了些声音道，“不可以盼着那种事。”

“我不是盼着，”雅说，“本来就有可能嘛。”

“我让你住嘴！”

“凭什么我要挨骂？”雅并没有住嘴，“还不是因为妈妈只看重我哥，才这样讲我。”

“你这是什么话？”

“本来就是。”

“妈妈什么时候那样过？”贵代美挺直腰板瞪着雅，“你倒是说说看……我哪里把规士看得比你重？妈妈什么时候那样偏袒过？”

“反正我心里明白。”雅哭诉着算不上理由的理由。

贵代美质问雅自己何曾有过偏袒时，脸上仿佛带着身为母亲的骄傲。

正如她自己所说，至少迄今为止，贵代美并没有撇下雅而只顾着规士过。雅从小就比规士难带得多，她后来甚至后悔当初没有更多地去抱抱规士。

但是孩子的心灵很敏感。既然雅这么想，那么也可以认为，确实发生过什么才使她有那种感觉。若从这个角度考虑，贵代美现在的态度像是那么回事的地方就更多了。

当然，一登并不打算因此就指责贵代美。他明白父母和子女之间也存在性格上的匹配，同时他也明白，性格上的不合并不影响坚定不移的爱。

他也觉得，现在想让雅理解这些恐怕还有些困难。

“阿雅，那怎么可能呢？”扶美子看着雅哭泣的背影叹息道，“你妈只是担心小规而已。她是太担心了，不知怎么办才好。她不是在比较你们两个。阿雅，你体谅一下妈妈。”

扶美子的话雅有没有听进去，并不清楚。雅没有回应，啜泣着低下头，上二楼去了。

16

“好啦，贵代，那我们差不多该回去了。”

听到聪美跟自己讲话，醉心工作的贵代美这才回过神来。

看了看钟，已经六点了，隔着一层蕾丝窗帘的室外已经暗了下去。

“既然都做了饭了，干吗不吃完再走？”

最后还是聪美带曲奇去散了步。不光是散步，她还去买了菜，和母亲一起下厨房替贵代美准备了晚饭。

“家里的饭出门前就做好了，”扶美子一边收拾准备回去，一边说道，“回去热一下就行。所以我们差不多该走啦。”

“真是的……”贵代美做出轻声埋怨的样子，然后又叹了口气，说了声“谢谢”。

“雅，姥姥她们要回去啦！”她朝二楼喊话，关上门躲进了屋里的雅并没有回应。

“阿雅也不知道吃不吃，要不我替她盛碗里拿到房间去？”聪美手里端着餐盘，问贵代美该怎么办。

“她想吃自己会下来吃的，你别管她。”听贵代美这样说，聪美就配合地将餐盘放到了桌上。

“那剩下的就靠你自己啦。”

“嗯，谢谢……今天帮了我大忙了。”

“一登，我们就先回去了。饭已经好了，可以吃啦。”聪美出来跟工作室里的一登打了声招呼，一登便也出来送。

“现在是很不容易，你们夫妇俩得互相搀扶着，共渡难关。”

母亲临走时向二人说着算是道别，一登见状也顺从地点点头，答应说“我知道”。

“妈，谢谢你。”

贵代美目送二人乘车远去。车子从视野里消失之后，无依无靠的感觉又在心底翻涌起来。

不能总依赖她们。

贵代美回屋和一登简单地吃了晚饭。雅不下来吃饭，在这种情况下，做好的一大桌菜也只能剩着，封上保鲜膜放进冰箱。一登打开了电视，似要掩盖二人间的无言。见他坐到了沙发上，贵代美就反过来将原本放在茶几上的稿子拿到餐桌上，重新开始工作。

一登拿遥控器换着频道，似乎在寻找报道户泽案件的新闻节目。贵代美的脑子已经很快切换到了工作模式，却忽然听到电视里传来熟悉的声音，注意力就又被吸引了过去。

“这次让各位操心了，非常抱歉。本来应该是我们家人出来说几句的，只是他们现在也很乱，实在没有办法。”

是聪美的声音。电视画面里出现的形象并没有露脸，但是拍出了她偏胖的体形和今天穿着的连衣裙，也能看得出是站在家门口讲话。

画面上还配了特效字幕，写着“失踪少年的亲属”。

“对于被害的孩子，还有孩子的家人，现在真是找不到合适的词语，不知道说什么好。我们心情其实很沉重，也不希望再有人遇害。总之，现在只能祈祷警方早些找到他。”她以极谦卑的姿态接受了采访，深深地鞠躬。

贵代美清楚地听见了一登发出“啧”的一声。

“怎么能这样，这不等于在说我们家孩子就是凶手吗？”他在自言自语，故意用了贵代美能听见的音量。

贵代美没做出任何反应。

她将注意力重新放到工作上。

这次的截稿日期一定要遵守。

规士成为本案凶手被捕之时，一登的工作必然随之走入绝境。遭到花家涂装和高山建筑的排挤，他将寸步难行。到时候再加上赔偿，这房子必然是保不住了，即便不到那个地步，他们也必须做好十足的心理准备，为躲避世人的冷言冷语而不得不换个地方生活居住。一登的事业在新环境中能否步入正轨也是未知数。

往后自己还必须在经济方面支撑这个家——贵代美想。

校对的工作住在哪里都能做，家里出的事情应该也不会影响她接活儿。现在这种优越的生活或许不能再奢望了，但总算有口饭吃。再让雅放弃考私立，去稍微偏远些的地方租间普通的住房，安稳地过小日子就好。

顺利完成眼前的工作，就是所有一切的第一步。遵守截稿日期，高质量地完成校对，自己在这份工作上的信誉就不会失去。

一登看完新闻就去洗澡了，从浴室出来后就在工作室、客厅和卧室来回走动。

夜渐深时，雅从自己的房间里出来了。贵代美告诉她“想吃什么就自己热”，她没有应声，只是从冰箱里拿出饭菜热一热，坐在沙发上吃完，又一言不发地回了房间。

家里的电话响了好几次，除聪美顺利到家后的电话外全切到了语音信箱，她都没有接。那些都是媒体打来的电话。

今天本打算熬夜，结果晚饭后埋头工作了三个小时，肩膀和脖子酸得厉害，人也有些不舒服了。贵代美上下耸动着肩膀，打算泡个澡解解乏再继续工作，这时她的手机响了。

液晶屏上显示的名字是内藤。当初接受采访时，她把手机号告诉了他。

她并未把这个自由记者看作盟友。他只不过是围绕着案情四处打探，企图写文章满足世人好奇心的众多写手之一，除此之外再没什么。真说起来，还应该像对待其他媒体的人一样和他保持距离。

但是贵代美整日困在家里，关于案情她没有任何信息来源。电视和报纸上的新闻毕竟有限，网上的消息又难辨虚实，不知能相信几分。警察什么也不透露，再加上前来采访的媒体全都被拒之门外，他们就算想了解些什么也无从得知。

所以，贵代美就把那次采访当成是种缘分，按照内藤的要求留下了电话号码。

她接起电话。

“这么晚了不好意思。是石川规士的妈妈吧？”

“是的。”

“我是新闻记者内藤。昨天多谢您了。”

“没有，谢谢你。”贵代美简短地回应，等着对方开口。

“今天电视上播了对失踪少年亲属的访问，那是您家的吧？”

“是我姐。”

“听她的话，好像有点已将规士认定为凶手的意思，应该不是警方要求你们协助调查了吧？”

“不，没那回事。警察什么也没告诉我们。”

“我就说嘛，”内藤似乎松了口气，“据我的调查好像也没有类似的动向，心想应该不可能。其他媒体的人看到那段采访都慌作一团了，我也很好奇。”

电话接二连三地打来，就是因为那些人都晕头转向了吧？

管不了那么多了，贵代美听内藤说据他调查并没有消息证明规士是凶手之一，心里就有些忐忑了。

“您那边都有些什么消息？”贵代美问道。

“唉，我问过许多人，到手的消息却很少。”内藤并未正面回答。

“哪些人是凶手，有眉目了吗？”

“没有没有，警察那边我不清楚，媒体这边还是摸不着头脑的感觉，所以看完新闻我才慌了，心想，哎呀，这是出什么事了吗？”

“主犯那孩子的身份不是已经知道了吗？”贵代美故意试探。

“没呢没呢，”内藤咕哝着发出苦笑，“现在这样子，都不知道是谁在采访谁了。”

“不是武州户泽俱乐部里盐山教练的儿子？”贵代美也管不了这么多了，直截了当地问对方。

“这是从哪里听来的？”内藤问道，音调低沉了些。

“网上的消息。”

“是吗？”内藤的语气缓和了些，“在网上谁都可以随便写，一般来说，最好还是不要太相信。”

“我知道，”贵代美说，“可警方什么消息都不透露给我们，我只能从那种地方找。”

“被不明真伪的消息摆布可不是好事。”

“我不可能什么情况都不去了解，只等着警察什么时候公布抓了什么人。自从知道规士和案子有关系之后，哪怕一分一秒对我来说都太长了……说实话，我之所以这样接你的电话，就是因为还指望你给我透露一些你所知道的消息。其他媒体的人，我都没有理会。”

“这……我是不是该感到荣幸呢……唉，您对我那样期待，我还是应该感到荣幸吧。”他嘀嘀咕咕地说了一阵，又沉默了一会儿，之后似乎是整理好了思绪，又开口道，“嗯，我采访得到的消息，在允许的范围内都可以告诉您，这不是什么难事。那些能不能使您满意我就不知道了。只是，要我那样做的话，请您无论如何要答应我提一个条件。”

“什么条件？”

“等查清了孩子们的下落，明白他们跟案子究竟是什么关系之后，请让我采访一下您身为家长是什么样的心情。”

“采访……是要登在《平日周刊》上？”

“是。这是我刚刚想到的，不过我想编辑部不会拒绝——”内藤又添了一句，“不管到时候您是站在加害者的立场，还是站在受害者的立场。”

见对方强调这一提案的同时考虑到两种可能性，贵代美不禁深吸一口气。

“我不清楚您身为母亲，更期待哪一种真相。反正根据现状判断，我看规士肯定是加害者或者受害者中的某一方了。”

内藤停顿了数秒，仿佛那是他故意为之，又或许他在等待对方回应，不过贵代美什么也没说。

“其实仔细一想，我也觉得现在这种情况挺罕见的。不管最后是哪种结果，都是最坏的结果，但二者的差别又是那么大，简直是一百八十度的反差。我说这些话可能欠考虑，还请您原谅，等到真相大白的那一天，当一切现实都朝着二者的某一端倾斜时，我非常感兴趣，为人父母的您要如何接受。我非常希望，到时候您能坦率地把心情分享给我。”

他身为记者的好奇心刺激着贵代美的神经，使她感觉不快。但转念一想，这也证明他其实理解贵代美的心情，比起那些光说好话套近乎的人来，他还是值得信赖的。

“我知道了，”贵代美仔细考虑过后，回答道，“可能到时候我没办法立刻接受采访，一旦我做好准备了，就请内藤先生你来跟我谈……这样可以吧？”

“非常荣幸。”内藤又将这句夸张的话讲了一遍。

“现在可以先告诉我了吧？”

“那我从哪里说起呢？”

“有人接到盐山教练儿子的电话，听说他杀了两个人，现在只能四处躲藏，这是真的吗？”

“这案子牵涉到未成年人，恕我不能透露个人的具体姓名，不过我的确查到，失踪的孩子里其中有一人给朋友打了电话，讲过您说的那些事情。不过，仓桥之外的被害人是谁，现在还在逃窜的又是谁，这些情况那个朋友并没听说。据说，那通电话之后，失踪的孩子就失去联系了。”

“警察是不是认为那孩子就是主犯？”

“应该是这样。借车给他们的是那孩子初中时的学长。他说，当时知道那些人还未成年也没有驾照，但那些人坚持说有人会开车，具体要车干什么也不知道，最后没能拒绝掉就借出去了。他们虽是学长学弟的关系，真说起来还是学弟强势，学长则属于被动的一方。那孩子性格就那样，而且又比规士等人高一个年级，在他们的小团体里面，应该也一直占据着主导地位。”

“在逃的两个人是一起行动的吗？”

“那不知道。也有说是分头逃走了。”

“你在推特上写有可能在东京，是有什么证据吗？”

“警方派了查案人员去东京市内，而且人数还不少，去了以涩谷为中心的闹市区，这是事实。包括仓桥在内的四名少年的手机全都查不到信号。警方无法追踪手机，追查失踪少年下落的主要手段应该是分析周边区域的防盗摄像头的影像。既然他们往市内派去大量人手，那么可以认为，他们已经掌握了一定的关于失踪少年去向的线索。所以我觉得，抓住那些在逃的少年归案应该也花不了太多时间。我想，最多也就两三天就能找到。”

警方没有透露案情的任何调查进展，但他们似乎也并非束手无策。听说抓捕归案只是时间的问题，贵代美紧张了起来。

“另一个在逃的人是谁，警方大致有判断了吗？”

“关于这一点警方也很慎重，没有向我们媒体透露消息。也有传闻说，规士和另一个孩子在体格上差别并不大，摄像头影像较难辨别，而且，也无法确定他们是否跟被害的孩子换过衣服。看得出来，他们为了逃跑也用尽了各种手段，包括彻底切断手机信号。不过，这起案子肯定属于少年犯罪案，这不用怀疑。至于那些还无法确定的部分，警方也不会轻易对外泄露消息。”

“究竟出于什么原因才闹成这样？有没有查到什么？”

“暑假期间，规士的一名高中学长在回家路上让几个人打了，受了伤。现在有看法认为，这件事情或许就是导火索。参与打人的就是这次案子所牵涉的三人——除去规士，还有包括仓桥在内的两个人。这是他们的一个伙伴提供的消息，那孩子说，他是从借汽车的那人嘴里听来的，我想情况应当属实。

“后来这三人因为什么起了冲突还不清楚。也许有人想把事情说出去，也许他们因为互相推卸责任而产生了隔阂，暂时也不知道规士为什么也被牵扯进去了。据说，最开始的那场架，起因是那名高年级学生先出手弄伤了规士。有人怀疑规士是打人计划的主谋，因为被打伤的那孩子的行动规律，包括回家时间都被查得清清楚楚；也有人认为，整件事从头到尾都是后来成为主犯的那孩子一人策划的。现在对这件事跟进采访的一些人都猜测，可能高年级学生被打伤后，他身边的人不愿轻易罢休，要追究到底，导致出手打人的几个孩子开始逃避和互相推卸罪责，这才起了内讧。”

贵代美越听越觉得，当初不应该把那事看成孩子们世界里的问题，不应该把它归结为球队里的一起意外事故，为了息事宁人而过于简单地解决掉。自己若能以成年人的身份介入此事就好了。不过已经到了这个地步，想这些已经为时过晚。

“我现在这样问可能听上去挺奇怪，”贵代美起了个头，然后问道，“这件案子里的罪犯，被抓到后会遭到什么样的处置？”

“这个嘛……”内藤十分慎重地答道，“在这件案子里，仓桥已经失去了性命，现在也认为很有可能还存在另一名被害人。这样的大案，一般来说即便是少年犯，也要接受刑事处罚。不过，未满十八岁不能判死刑。在这种案子中，无期徒刑就相当于常规案件的死刑，十五年或者二十年有期徒刑则相当于无期徒刑。又或者，没到那么严重的程度，也可以判不定期徒刑，以‘若干年以上，若干年以下’的形式判决。最重的应该是十年以上十五年以下。这次的案子具体细节还不清楚，现在以伤害致死、两人遇害的情况来考虑，被认定为主犯的孩子有可能被判处最重的不定期徒刑或有期徒刑。但如果杀人动机明确，我觉得也有可能被判处无期徒刑。另一名从犯要看在案子里具体负责了什么，如果对被害人实施过暴力，就可能被判处较重的不定期徒刑，有必要做好心理准备。法庭宣判过后，就由少年监狱收监。

“此外，被害人家属必定会向加害人一方索赔。至于索赔金额，两边应该都会上亿，最终在法庭上以一个相对现实的金额达成和解，花几十年时间偿清。”

十年以上十五年以下的有期徒刑——贵代美先是认为规士的获刑一定比这个轻，又觉得现在应该抛弃那些乐观的念头，遂又否定了起初的想法。

无疑，赎罪的生活将日复一日，不会有终结的一天，而且要和规士一起过那样的日子，还得先熬过十五年。想想如今案发才不过三天，贵代美感觉这时间简直要让人疯狂。不过只要规士还活着，她就觉得那并非光明尽失的未来。

“要是事态真发展到那个地步，或者您现在正因为考虑那些问题而焦虑，我还认识熟悉少年犯罪这块业务的律师，可以介绍给您。”

“那到时候还请多帮忙。”贵代美回答说。

“听这口气，您似乎对于规士就是凶手之一有着很坚定的预判……还是说，那是您的希望？”

贵代美没有回应。

“现在还没有任何证据能把他跟凶手联系起来吧？”

“没有……”

“嗯——”内藤轻声沉吟道，“这也算是一种慈母心吧。也不是不能理解……唉，祝您心愿成真这种话我就不说了。”

也不是不能理解——这句话听在贵代美耳里感觉冷冰冰的。不过反过来想，这说明自己的愿望在别人看来，只能引起他们冷酷的回应。

意识到这一点，贵代美的心情有些复杂，但她知道不能因此而改变内心想法。

她只能告诉自己，就当什么都不知道好了。

17

“喂？你家里是不是出事了？”一个久违的声音，是岐阜老家的哥哥一茂，“幸久告诉我的。我一看，还真是你家。那个接受采访的，是春日部的聪美吧？”

一登将手机放在耳边，胳膊肘撑着桌面。他把自己关在工作室里，但并没工作。他上网搜索与案情相关的消息，时而发呆走神、叹息不已，然后接了这通电话。

“是，没错，”一登答道，他也懒得绕弯子了，“规士牵涉到一起案件，现在还不知在哪里。”

“就是后备厢里发现了尸体的那个吧？”哥哥的语气强硬而尖锐，像是在责备一登，“你说的牵涉是怎么样的牵涉？”

“现在还不清楚。”

“不清楚？这个时候不知去向，不就代表他在逃窜吗？”

“并不一定就是。”

“你别跟我绕弯子。聪美接受采访时那副模样，不就是在替你们赔罪？”

“我没跟你绕弯子。现在真的是什么都不知道。就连规士究竟是凶手还是被害人都不知道。”

一登说得很清楚了，可一茂似乎并未过多咀嚼他话中真意，不怀好意地啧啧咂嘴。

“我管你那么多，真是的，接下来你打算怎么办？幸久明年就要开始找工作了，你可别给我们找麻烦。”

幸久在京都念大学，小时候和规士在暑假时常一起玩，自规士上初中后两人见面的机会就少了。也可能正因为有这层关系，他们才在担心规士安危之前，首先考虑了自己是否会遭受拖累。

当然，现在一登也不好就此抱怨。

“我没打算给你们找麻烦。”无论规士跟案子有什么关系，都不大可能影响到千里之外幸久和一茂的家庭，一登刻意用了近乎冷淡的口吻。

“你打不打算我不知道，你知道我们这边有多难办吗？”一茂说得仿佛他们已经受到了牵连，“家族里居然出了一个罪犯，干出那种事来。光这就够麻烦了。对子孙后代来说都是耻辱，你明不明白？”

一瞬间，一登有种自己遭到了父亲责备的错觉。心情不好时，一茂和父亲的口气很像。父亲是大学教师，一茂身为长子，父亲对他的管教很严格，他在当地一家化学纤维工厂的研究室工作，二人甚至连气质都很相似。父亲如果还活着，应该也会说出这样的话来吧？——一登深陷这些思考当中，痛苦不已。

“现在我们担心的事情如果成真了，以后老家做法事也好什么也好，都不会再通知你们了，你们家有什么事，我们也不会过去。我心里也不愿意这样讲，但情况就是这么严重。”

也就是说要断绝关系——在体会到冷酷和严苛之前，一登首先想到的是，这的确很像哥哥的作风。

“随你的便。我家里的事情都忙不过来了，现在真的没心思顾你们，也顾不上你们，”一登努力保持冷静而不是草率地回应，“但是，我真的认为规士在这件案子里是被害的一方。所以，没想过要给你们找麻烦是真的。另外，不管做法事的时候你叫不叫我，扫墓我会自己找合适的时间去。”

“到时候你还能有脸见父亲当然最好。唉，我也希望如此吧。”

他的话里满是令人厌恶的怀疑和无情，说什么“希望如此”全是做样子，而且话音刚落，电话便挂断了。

一登自幼就很独立，大学也选择了去东京读；一茂则不同，他觉得扎根老家是理所当然的，一直以来都这样生活着。他的学习成绩比一登好，却没有选择离开老家。岐阜那片土地上过于保守的风气深深浸染了他，而且，他们那个时代还很讲究长子应该如何，次子又该如何，这些对他应该也有影响。

虽然一登长这么大一直都刻意逃避那种保守的风气，但他心里也十分清楚，万一规士是案子的凶手，往后想不顾周围的眼光自由地生活下去绝对不可能。这一前景当然不可能不使人恐惧。

与此同时，贵代美却几乎没有这种观念，她的想法在一登看来激进而不顾一切。一登不知道，这是因为自己终究没能摆脱故乡土地上固有观念的束缚，还是因为男性和女性在选择立场时有着本质上的区别？又或者是因为他将重心放在社会上，而她将重心放在了家庭上？

不过有一点可以肯定，为了排除规士已遭杀害的可能，就寄希望于他是加害于人的一方，并且选择无条件地盲信，这种行为一登无论如何也做不出来。这不是如何看待规士性命的问题。以思考扭曲现实并强行使之迎合自身的盲目，这毫无意义。

可笑的是，一旦以扭曲的方式去看待现实，周边的事物总会附和着追随至面前。这样一来，扭曲的思考便越发顽固起来。

贵代美的态度忽然强硬，应该是因为聪美和岳母顺着她的意思鼓励了她。聪美的姿态那么低，以那样谦卑的方式应对门外的媒体，才导致不知事情真相的外界社会也跟着以同样的眼光来看待这件事情。一茂就是其中之一。

再看网上的舆论，认定规士也是凶手之一的声音已开始占据压倒性优势。

“S山和I川忘恩负义。先让仓桥参与I川的复仇计划，事情暴露后就打算让仓桥背黑锅去下跪认错。仓桥又怎么可能忍受他们将一切责任都推到自己身上呢？W村跟仓桥站一边，所以也被干掉了。”

“H田背后有不良团体‘武藏野狂代’替他出头，S山和I川就怕了，想拿钱出来了事。可最终没得逞，仓桥和W村打算逃跑，结果最后闹成了这个样子。”

“要真说起来，S山也就是个受I川摆布的家伙。I川肯定会逃命到最后。”

“警察和媒体好像都盯上了I川，他被捕也就是分分钟的事。”

这种基于毫无根据的臆测而发表的言论开始在网络世界里扩散。一登上网本是打算找一些较为客观中肯的消息，可接触到的都是这些，简直要让人发疯。他终于明白，这种东西看再多也毫无用处，最终放弃了通过网络搜寻消息的打算。

一登切断工作室的电源回到家里。已经半夜了，贵代美仍在餐桌前工作。二人无话，一登进卧室倒在床上。

想睡着并不那么容易，两点多的时候一登曾起身去了一次厕所，贵代美仍在工作。

前不久她还因为规士的事情而焦头烂额，完全无法集中精神工作，现在却像换了个人。可能她想补上落后的进度，又像是试图通过专注于工作去逃避现实。她曾那么担心规士的安危，真的这样简单就能切换心情吗……一登十分讶异。

她那专心致志地翻字典、看稿子的架势，在一登眼里却是从未有过的阴森，仿佛她已拿定了主意，心里只有这份工作了……

不管怎么说，她肯定从未放弃过规士还好好地活在某处的念头。因为这正是她的立场——她甘愿接受规士是罪犯的可能，也不肯放弃这个希望。

如若在这一点上她决不让步……

一登回到卧室，想到这里他不禁感到一丝胆寒。

“难道贵代美认为我的事业已经到头了？”

一登遭到合作伙伴的疏远、顾客的抛弃，以及周遭的批判，最终可能被迫离开户泽。但只要这份校对的工作能继续下去，至少还能有口饭吃——这个想法已在她心底扎根，以至于她竟自顾自地握紧了生活的船舵，打算扬帆起航了吗?

开什么玩笑——他心想。

一登很难接受这种前景，因为它完全忽略了他的立场。

经营至今的人脉和信誉将被尽数夺走。就算找一片新天地重新开始，也已无法再奢望还能取得同样的成功。如果关于本案的风言风语跟着传到了新的落脚地呢？他做这份事业无法隐姓埋名。最坏的情况是，他只能自诩自己是建筑师却接不到任何工作，就这样老去。

这样的前景光是想想都恐怖。

可贵代美却逐步地将之纳入计划之中。

在她的计划里，一登只是一个吃白饭的存在。

男人在社会上失去了存在价值，就等同于在家庭里失去了存在价值。

他越想越觉得心惊。

他更睡不着了。

直到天快亮了，他才迷迷糊糊地睡了大约三个小时。

睁开眼睛的瞬间，一登觉得整个身子都麻了，无法动弹。他不知道那是因为睡迷糊了，还是因为极度的紧张。

他做了一个梦，恐怖程度足以使他有此反应。

现实很快再次纠缠住了梦醒的自己。可他觉得，就算这样，也比刚才梦境里的世界更具希望。

梦里自己杀死了规士。

严格来说，他并非梦见自己亲手杀死了规士。如果真是那样，就算那是梦他也能及时罢手。

梦见的是他杀死规士之后的情景。

他在梦里忽然意识到，自己已经杀死了规士。

是已经杀死了，没有挽回的余地。

规士被自己杀死，丢弃在他的房间里，贵代美和雅都没发现，还像平常一样地生活。助手梅本和高山老板等工作上有来往的人也在家里进进出出。

一登心中忐忑，害怕尸体迟早会被人发现，同时脑子里闪过一个念头并试图以此说服自己——全怪规士杀了人，把他杀死也是迫不得已。

可仔细一想，自己同样是对人下了杀手，一旦被身边的人发现，这辈子也就完了。从这个角度来说，再怎么说服自己都解决不了问题，想到这些，他又感到一阵茫然。

家里的人始终谈论着户泽警局的寺沼和野田要来的事情，

他终于开始一点点地绝望了——从这个噩梦中醒来，刚一睁眼，一登就浑身疲惫地长长地叹了口气。

这是个多么讽刺的隐喻。待呼吸慢慢平静后，一登翻了个身思索着。

自己正是在要规士的命。如果相信规士是案件中的被害人，就等于是这么回事。这是栖息在心底的恶魔故意将这一事实摆到自己面前。

而规士在梦中是杀人的凶手，这必然是受了贵代美的观念的影响。自己虽然嘴上说相信规士的清白，可潜意识里已经受到这样的影响。又或者，自己并非真的相信规士的清白。当贵代美所支持的一面成为现实，便同时意味着自己的人生将走投无路。一登觉得，自己只不过是不愿意去面对这种可能。

心底的恶魔同样看穿了这一点，它或许是在警告自己——“不管你怎么坚持认为规士是受害者，你放弃自己的儿子并要了他的命的事实不会改变，也不能解决任何问题，而且都到了这个地步你还有心思考虑自己的将来，真是太不自量力。”

开什么玩笑。

头脑逐渐清醒，一登冷静了下来。

无论是心里想的也好，怎样也好，自己都没有杀死规士。

自己真的只是，单纯地相信。

相信自己的儿子，这有什么错？这跟试图保住自己的人生完全不是一回事。

总把这些当作不可分割的问题放在一起考虑，这才越想越乱。自己只需要相信规士，按照自己的方式生存下去。

屋外似乎有什么动静。一登听见门铃的声音穿过客厅进了耳里。还这么早，媒体就来了吗？看见时针正指向八点，一登下了床。

他扫了一眼客厅，贵代美正趴在餐桌上看稿子。卧室床上没有她休息过的痕迹，她应当是熬夜工作了。

不过，昨晚那甚至让人感觉阴森的背影，如今也透露出了疲惫。

“太乱来会搞坏身体的。”

一登不经意脱口而出的话，仿佛成了一句号令，贵代美随即搁下了笔。可能进度已经赶上了不少，她留下一句“我歇一会儿”，就跟一登擦肩而过进卧室去了。

门铃又响了。机器的液晶屏上出现了一张脸，像是记者。

他不理会而是倒了杯咖啡，就在这时，二楼传来雅的惨叫。他不知发生了什么，赶忙冲上二楼雅的房间查看情况。

雅穿着睡衣，面露怯意，见一登来了她指着拉上了帘子的窗户，带着哭腔道：“有人拿摄像机往屋里拍。”

一登稍稍掀开窗帘，发现一名摄影师正把摄像机朝着房间的方向架在三脚架上。可能是打算拍规士的房间。不过，从马路的方位来看，规士的房间是靠里的，所以现在摄像机的镜头正对着的是雅的房间。

雅的恐慌当然是因为这架摄像机的存在，或许也是因为还有许多其他前来采访的人。他们有将近十人，并非来自同一家媒体。当初他就担心，随着案情调查的推进可能会有此境况，但没想到这么快这些就在眼前发生了。

“别害怕。窗帘拉上。”

他这样叮嘱雅，虽然这解决不了任何问题。然后就回了客厅，打开电视，看了一遍各个台的新闻、时事节目和专题节目，并没有报道说户泽案件的调查有什么进展。

门铃又响了。

“你们适可而止吧。一大早的究竟想怎么样？”一登忍无可忍，按下通话键质问对方道。

“您是规士的父亲吧？请您接受一下采访可以吗？”

“我没什么可说的。还有，请你们不要乱拍我女儿的房间。那可是非法偷拍。”

“那个不是我们公司的。”

“我不知道他是哪个公司的，这种行为十分荒唐，请你们注意。”

“总之请您先出来再说可以吗？我们有很多问题想问。”

“我刚才没告诉你吗，我没什么好说的。”

“规士父亲……”

“失陪。”

一登正要强行结束对话，对方见状慌忙喊了声“请稍等”，随后又道：“您家门牌上好像被人泼了油漆还是什么东西，您就那样放着不管吗？”

“什么？”

“还有鸡蛋砸在门上。”

怎么会这样？！他不耐烦地咂嘴。有些人就是偏要往别人伤口上撒盐。

一登换上棉质短裤和 Polo 衫，拿上清洁用具出了门。

媒体早严阵以待，全拥了上来。大门口像昨天一样，蛋壳和蛋液溅得四处都是，门柱和门牌上都是红色涂料，应该是来自那种罐装喷漆。

“这是谁，做出这种事情？”一登不悦地嘀咕着，眼睛瞪着媒体的采访阵容。

似乎有人以为他这样是在问罪，其中一人应道：“不是我们干的，我们来时就已经这样了。”

如果媒体的人承认是他们干的，那才真叫人意外呢。——一登心里想着，但全然笑不出来。他决定先从门口开始打扫，就像昨天那样。

“您儿子还是没有任何消息吗？”一名记者问道。

“没有。”

“警方有没有说什么？”

“没有。自打我向他们反映孩子一直没回家，他们就什么也没对我们讲过。”

“昨天您这边是不是收到了什么新的风声？”

“我不是说了吗，什么都没有。警察调查到什么程度，你们应该比我清楚得多。”

“那不会，对于这样的案子警方的嘴也很严，我们现在也是完全不知情。”

“昨天有一位女性接受了电视台采访，那是您家亲戚吧？听她的口气，我们感觉您这边应该是从警方那里听到了什么消息吧？”另一个记者开始套话。

“我不知道你们是怎么理解的，现在没有任何证据能够证明我家孩子是罪犯。警察那边也没这个意思。我倒是觉得，我儿子很有可能是被害人。”

“有证据证明他是被害人吗？”记者以慎重的语气问道。

“很遗憾，也没有。”一登老实地回答道。媒体众人闻言发出一阵扫兴而失望的叹息。

“我们只能选择相信他，”一登动着手上的扫帚道，“我们只能相信自己的孩子。当然，同时也希望他能够平安回来。我妻子的这种期盼尤其强烈。所以，她姐姐才会像昨天那样接受采访。现在考虑到各种可能性，我们家里人心里都有动摇。希望各位媒体的报道也慎重对待每一个细节。现在明明什么都不明了，发生这种挑衅的事情，只会让我们的压力越来越大……”

一登停下手上动作，看着媒体众人：“你们倒是说说，你们怎么看待这些？”

一瞬间，他们陷入了沉默。没过多长时间就有人开口回应，仿佛他并不想让气氛过于尴尬：“我们一向十分尊重案件相关人士的人权和采访对象的个人隐私。这些东西本来就应该受到保护，但现在由于网络的存在，恶意中伤的情况也确实越来越多。”

也是，罪不在他们媒体，是社会上那些对新闻报道断章取义、恶意造谣中伤的人不好——一登也觉得他的话可以理解，可又觉得这番话里多少有些敷衍的意思。

“所以说，我们媒体不光要探求事情的本质，也有责任让人们关注这些问题。如果您有什么话不想放在心里想说出来的，请您一定在这里讲给我们听听。”

“想说的刚才已经说过了。再没别的了。”

“有消息说，您儿子大约十天前在家庭用品商店买过刀具，这事您知道吗？”

“今天是给被害人仓桥与志彦守夜的日子，请您对他说句话吧。”

“您有什么话想对失踪的儿子说吗？”

记者们排着队抛出这些问题，其中有两三个其实想答的话也可以回答，但是一登选择了闭口不谈。

他们听从他们认为正确的理念而行动，认为这才是他们应该做的工作，于是围住了一登。但也可以说，正因为他们这样，事情才发展到这种地步。他们的言行俨然没有任何温度，面对他们只能让人感觉心寒。一登觉得，就算跟他们聊上几个小时，也不可能彼此相互理解。

一登继续打扫卫生，无视他们接二连三的问题。他心里忽然有了一个疑问。

一登自己同样是凭着自认为正确的理念行动，也因此被指责过爱讲大道理。如果是这样，那么在贵代美看来，一登是否同样是一个没有感情的人呢？

或许是。

就算道理是对的，说到底也只不过是基于讲话者个人立场和自身个性的观点。立场不同，道理也随之不同。道理说得通不代表对方就一定听得进去，更有甚者，有时正因为道理合乎道理才反而更难得到对方的理解。

应该怎么办？他找不到答案。

问题严重到这种程度，已经不是靠互相理解、让步就能解决的，恐怕只有忍，直到真相大白为止。

扫干净门口，一登来到门柱前。

那是专门找爱尔兰工匠定制的锻铁门柱，丙烯玻璃的门牌通过金属套件镶嵌在上面。锻铁表面被锻造成巨大鳞片一般，闪着深沉的银光，像是某种艺术装置，显得很有品位，可现在红色喷漆毁掉了这一切。

一登压抑着心中的愤怒，用相机拍下损坏情况。

很显然，这完全属于犯罪行为。可他心里明白，就算报警恐怕也解决不了任何问题，他更想赶快清理掉这些污垢。

先用家里的清洗剂试试，能擦掉多少是多少吧。一登想着，就朝工作室走去。

门牌可能还是先拿掉比较好。他想着这些事情，走进工作室，从工具柜里拿出涂料清洗剂和摘门牌需要用到的扳手。

拿完扳手后，他正要关上抽屉的手忽然停住了。

那是个很宽的抽屉，里面放了扳手、螺丝刀之类的小型工具，通过隔板被分门别类地整理好。右手边靠里放着十件套的雕刻刀，靠外就是放刀具的盒子。

从规士手里没收来的小刀应该也放在里面。

现在它却不见了。

一登又看向窗边梅本总坐的那张桌子。他有时会从这里拿工具使用。然而，规士的那把刀并没在桌上。视线范围内的地方都找遍了也没有。最近梅本一直在做建筑模型，好像并没见他用过那东西。他常用的是美工刀，那把刀就放在笔筒里。

心乱如麻的一登走到屋外。他摘下门牌，用清洗剂擦拭喷漆的污渍。他一声不吭地做着手上的事情，脑子里想的全是那把刀。

有可能梅本为了做一些手工或者其他东西把刀带回家了。这不是说他偷东西，他不是那种人。他可能是忘记告诉一登，或者没有找到合适的机会。

这十分有可能，一登自己也希望事实就是如此。他知道，在明天梅本来上班揭开谜题之前，这颗悬着的心是放不下来了。

打电话给梅本问问——正当他做出这一决定时，在场记者们当中有许多人的手机响了起来。只见他们各自嘀嘀咕咕地讲着电话，像是在谈工作，刚讲完就作鸟兽状从家门口四散不见了，连个像样的招呼也不打。可能他们有了新的采访对象，觉得一登已不再具备什么采访价值。他们前一秒还在纠缠不休，现在竟以这样扫兴的方式散去。

门口只剩下一登一人，他挥散心中困惑，带着刚摘下来的门牌回到工作室。将工具整理一番过后，他拿起电话，按下了梅本的手机号码。

“早上好。不好意思打扰你休息。”电话接通，一登开口道。

“哦，没事，早上好。”那头传来梅本无精打采的声音，听起来跟平时并没什么两样。

“我想问个事情。”

“什么事？”

“我放在工作室柜子里的刀有一把找不到了，你有没有印象？”

“哦，”梅本并未感到意外，他答道，“我想应该是规士拿了吧。”

“什么？”

“我看到他在抽屉里翻找一通，然后拿走了个什么东西。东西看在眼里也就一眨眼的工夫，感觉应该是把刀。”

一登喘不过气来，喉咙里挤出一声：“什么时候？”

“应该是长假开始前的那个星期五。他趁您傍晚出去时，进来拿走了。我没用过。”

仿佛有一股巨大的力量击打在头上。

一登近似呻吟地哼了声“是吗”，就挂断了电话。他瘫倒在椅子上，重复着短促而艰难的呼吸。头脑里已一片空白，无法进行任何思考了。

这臭小子！——只剩这句话，慢慢爬到了嗓子眼。

紧抓在手里的唯一一根稻草，就如此轻易地不见了。

一登不知道还能够相信什么，该怎样去相信。

18

贵代美再睁开眼时，已经快下午一点了。

连续的睡眠不足再加上熬夜，这一觉真是睡得很沉。客厅好像有电话铃声传来，待她驱除困意清醒过来时，声音也已停了。

她起身看了看调成静音模式后放在床头柜上的手机，有一个内藤记者的未接来电。时间大约在两个钟头前。

再去客厅查看座机，显示的是来自老家的来电记录。好像还有语音留言，她按下播放键，传出了聪美的声音。

"喂喂，贵代吗？我看新闻说找到了一个失踪的孩子，就给你打电话……我回头再打吧。"

听到留言，贵代美不禁倒吸一口气。

就在自己入睡时，事态好像有了重大进展。

一登和雅都没在客厅。贵代美决定先打开电视看看，新闻节目已经结束了。

内藤打电话来是否同样为了此事？贵代美想不出还有别的可能，迫不及待要找对方核实。

她拿起手机打给内藤。

内藤很快接了。

"不好意思，我刚才没接到电话……出什么事了吗？"贵代美只草草打了个招呼。

“嗯。今天早上警方找到了一名少年，我就想通知您一下。”

“刚才我听我姐姐的电话留言里也提到了这个事……新闻什么的我还都没看。”贵代美说完又问道，“那个孩子，知道是谁吗？”

“知道……应该说，今天上午还不知道，后来通过采访知道了，”内藤停顿了一下继续道，“不是规士。”

贵代美不禁发出沮丧的叹息。

“是教练的儿子。”

就算内藤没提姓名，说到这个地步贵代美也知道是谁。

“为什么只找到他一个人？”

盐山教练的儿子比规士和仓桥与志彦高一个年级，现在都推测他是本案的主犯。贵代美不大明白这究竟是什么情况，为什么只查出了他一人的下落。

“这些事情警方现在正在问询，我这里也不是很清楚，据小道消息，孩子们可能是各自分头逃跑了。这次找到的孩子被抓时，正藏匿在涩谷附近一个朋友的公寓里。他和另一个孩子一路逃到东京市内，后来可能觉得分头行动不容易被发现，或者是出于其他什么原因，不太清楚，总之半路分开了。”

另一个仍在拼命逃窜……一想到那是规士，贵代美心中就一阵悲伤。穷途末路时他会不会因绝望而胡思乱想？那些先不说，他身上应该没多少钱，有没有好好吃东西？心中的种种担忧逐渐展露出化为现实的苗头。

“不过，到了这一步，找到另一个孩子也只是时间的问题，”内藤说，“被抓住的孩子可能会招供，涩谷周边治安摄像头的解析应该也进展顺利。我看，这一两天内，应该就能找到他的下落。”

“只是时间的问题”，这句话让贵代美心跳加速。

“对了，如果警察抓到了我家孩子，”贵代美问，“我们能探视或者给他送东西吗？”

“假设他被逮捕了，最初的七十二个小时内只能见律师。至于送东西，好像各个警察局规矩都不一样，我想，衣服啊，毛巾之类的生活用品应该没问题。”

“吃的呢？他可能一直饿着肚子，可以做点便当送过去吗？”

“那只能问过警察局才知道。很多时候，人虽然被拘留了，但并不是立即逮捕。在警方做好各种准备之前，考虑到需要稳定孩子的情绪，或者认为有助于审讯的情况下，这些要求也不是不可能得到许可。”

“是吗……谢谢。如果有什么新情况，请再联系我。”

“知道了，”内藤回答过后又补充了一句，“如果……规士没事就好了。”

这话似乎是在试探贵代美的态度，她只回应了一句发自内心的“谢谢”。

通话结束后，贵代美沉默了片刻，试图平静下来。

她希望警方尽快替自己找到规士，哪怕是要把他当作凶手。再这样继续逃下去，最痛苦的只是他自己。

但是，在无法确定另一个孩子就是规士之前，她又害怕看到那孩子被找到的新闻，甚至根本就不想看。

贵代美意识到这些极为消极的意识已经开始萌芽，心中有种冲动，欲将其全部扼杀。不管她心里怎么想，就像内藤说的，剩下的恐怕只是时间问题了。

她顺着拉上的窗帘缝隙往外看，家门口好像已经没人了。此刻如此安静，仿佛早上的骚动都是幻觉。盐山被抓，所有人应该都去做采访了。毫无疑问，事态将发生变化。

自己必须现在就做好规士被抓的打算，准备好该准备的一切，贵代美想。如果规士成了凶手，恐怕连买东西都没法好好买了。贵代美还是觉得至少要亲手做个便当送过去。就算真如一登所说，规士不再是他和贵代美所熟知的那个孩子了，她也希望通过这点点滴滴的付出让规士感到父母仍像从前一样关爱自己，或许这可以融化他那颗因为凶案而冰冷的心，抚慰他因一路逃亡而疲惫的心灵。这样一来，规士一定可以找回曾经那颗温柔的心。

工作方面进展顺利，问题不大。还是先去买东西吧……

贵代美换好衣服正做着外出的准备，一登回来了。他好像一直在工作室。

“我出门买点东西。”

两人视线相对，贵代美决定还是跟他打个招呼，可一登那边，却只是咕哝着给了一个含混不清的回应。看他的表情似乎也没有生气，面色苍白。

出事之后脸色不好也是当然，贵代美觉得自己的疲惫也已达到极限，虽然多少睡了一会儿，不过脸色估计也和他一样难看。

“抓到一个了，不过不是规士，”贵代美将钱包放进手中的袋子里，说道，“你听说没有？”

一登似乎并不知情，虽还是有气无力的样子，却也稍稍瞪大了些眼睛看向贵代美：“谁？”

“听说是足球队教练家的儿子。”

只这一句，一登好像也就明白了，可能他也通过网上的消息大致摸清了案件中的人际关系。

“只抓到了一个，是怎么回事？”

“据说是半路上分头跑了。这个是在涩谷那边找到的。”

听完这个回答，一登轻轻点了下头，沉默了。找到另一个只是时间问题——不知他心里是否在想这些，贵代美看他那样子觉得应该是。

贵代美推出自行车打算去车站边上的百货大楼。

规士一旦落网，短期内见面是不可能了。

在这种情况下，自己身为母亲所能做的，也只有给他送一份饱含心意的便当了。所有的爱都倾注在这份便当里，规士一定能够体会，就像妈妈的饭团触动了自己的内心那样。

晌午过后傍晚之前的这段时间，若是在平常，客人应当不多，可能因为今天是长假最后一天，大楼停车场里停满了自行车，店里都是购物的人潮。

规士喜欢吃汉堡肉饼，这个必须放进去，所以猪肉和牛肉的混合碎肉跟洋葱一定要买。再买点新鲜鸡蛋，做个加葱的厚蛋烧。还可以做些蔬菜，比如菠菜或者花椰菜，这样便当的配色不会太沉闷。然后烤鱼也来一块……

心里想到的如果全做出来便当盒肯定装不下，但贵代美觉得，那种事情可以等做的时候再考虑，购物篮被塞得满满当当的。

带来的购物包都装不下了，贵代美又要了塑料袋将食材全塞进去后放进推车里。她正打算出商场，却在门口附近的餐饮区停下了脚步。餐饮区的一角，一群少年正拿着饮料围坐在一张桌子旁。

贵代美觉得其中一名少年眼熟。

那群人里也有人察觉到贵代美的视线，望了过来。眼熟的少年注意到同伴的行为，也朝贵代美看过来。

没错——是仲里凉介。他和规士是初中同班同学，初二、初三时常常来家里玩。贵代美总是烤曲奇饼干给他吃，他每次都带着爽朗的笑容表示感谢。

可能是因为高中不在同一所学校了，最近不常听规士提起他。有阵子没见，他个子长高了，面容也有了大人模样。

仲里凉介也认出了贵代美，瞪大眼睛，不自觉地站起了身。他当即小跑着来到贵代美身旁。

“好久不见。”他低头行了个礼。

“凉介，好久不见。”贵代美回答道，“挺精神呀。”

她努力尝试让声音显得更乐观些，而凉介脸上却连个应付的笑都没有。他这样跑来找贵代美说话，应该是已经对案件的事情心中有数了。笑，在二人之间并无必要。

“我听说……规士失踪了？”

听他这样说，贵代美轻轻点了点头。

他叹了口气，仿佛早预料到了一般，表情有些严肃。

“我听说之后就试着打了他手机，根本打不通。”

“谢谢你担心他。”贵代美轻声回应道。

“与志彦的事吓了我一跳，然后又听说规士好像也跟案子有关系，我就给几个可能知道情况的人打了电话，想问问究竟怎么回事。”

“你也认识仓桥与志彦吗？”

贵代美并不清楚这些孩子的人际关系。

“去年我碰巧遇到过他跟规士，然后就一起去玩。以前规士就提起过足球队里有个人挺有趣，他本人也确实很亲和，我们很快就熟了。”凉介这样答道，表情一直很阴沉，“我跟人打听这次的事情，有人说规士是杀害与志彦的凶手之一，我压根儿就觉得那是不可能的。规士不是那样的人，而且他跟与志彦的关系很好。”

这些话并不是现在的贵代美想听的，但她又觉得不能刻意反驳他，于是决定当作没听见。

“那另外几个一起失踪的孩子，有没有打听到什么消息？”

“听人提到说其中有个叫盐山的，比他们高一个年级。俱乐部球队和校队不一样，上下级关系并没那么严格，但是都说他不好惹，一旦发起火来很难收场。他在晋级选拔时落选，高中也很快退学，后来无所事事，又不时地出现在俱乐部球队里。还有，这次我听一个比较清楚他们之间关系的人讲，盐山长得就很凶，还有文身，在规士他们一群人里，好像没有人敢反抗他。尤其与志彦那样的性格，我看他最容易成为被欺负的对象。还有一个叫若村的，我不认识，据说就是盐山的跟班。”

在网上被写作 W 村的少年本名似乎就是若村。如果说仓桥与志彦和这个若村一样，都不敢惹盐山，又是被捉弄欺负的对象，很可能那些欺负和捉弄最终上升至暴力行为并导致了这次惨案的发生。如果真是这样，这两个人成为被害人也很合理。

“我也在想，为什么最近规士开始跟那样难缠的人玩在一起？他受伤后请假，不参加校队活动，起先还跟与志彦那样好相处的人走得比较近。大概六月吧，在这附近一个他们常出没的地方，我们还见过面。规士笑着说，他膝盖受伤已经没法踢球了，只能瞎混。现在想想，他的笑或许只是逞强。但当时他看上去也确实没什么问题，更没想到后来真就那么退出了校队。当时与志彦也在，另外还有两三个人，都是挺正常的孩子。我心里还想呢，规士和与志彦真是一点都没变。所以我认为，他们正是跟盐山扯上关系后，才慢慢出了问题。

“我听说这次出事，起因是高年级学生对规士下黑手导致他受伤，盐山等人出面替他报仇。可是规士根本不是那种自己受了伤就想着要找对方寻仇的人。我想来想去，绝对是盐山他们听到风声擅自动的手，规士是事后才知道的。他一定也对盐山等人的行为很不满，因为他并没求盐山他们帮忙。干出那种事来，当然会越闹越大。”

或许是吧——贵代美这样想着，同时又在下意识地寻找与之相对的另一种可能。凉介的话和贵代美所追求的，并非同一个方向。

“总之，我不能原谅网上那种几乎要把规士当作凶手定罪的论调。写那些东西的人，他们或许听说过盐山的劣迹，可对于规士他们一定不了解。规士不是盐山的手下，就算盐山命令他，他也不可能参与针对与志彦的私刑。那些人不了解他，才会那样写他。那边那些人都是我初中的朋友，有个叫高部的就在泽商高中，他也知道与志彦，还跟规士一群人一起玩过。他也说，规士不可能是凶手。我还搜集了其他各种消息，刚才我们就一直在讨论，要不要去说给警察听。”

“那又能怎么样呢？”面对眼前这名眼中燃烧着正义，欲为挽回朋友名誉而战的少年，贵代美问道。

“嗯？”凉介眼中流露出困惑的神情。

“四处搜罗别人的话用来强调不是规士干的，那也不过是无端猜测，就算拿给警察，我觉得也只会妨碍他们专心办案。”

“可是，他们当中还有人，在案发头一天晚上见过规士他们呢。”

“真有那样的人，警察肯定早就找他问过话了。”

“我去找他时，他说警察还没来过。他今年读初三，在俱乐部里算是规士他们的晚辈，平常好像也不怎么一起玩。那天他在电玩城碰巧遇上若村，就被拉去跟盐山等人会合。那帮人还打算喊与志彦出来，他想走又走不了，正犯愁时规士来了，多亏规士对他说‘你先回去’，他才脱了身。”

“那你说他又能知道什么？”

“他说盐山和若村二人商量，要逼与志彦乖乖听话。这里面的事情好像挺复杂。牵扯到刚才讲的那件事，就是有人害规士受伤，然后盐山他们找人寻仇的事。后来，当地一个流氓团伙也掺和进去了，要求盐山等人拿钱出来做个了结。估计是因为他们打伤了人，对方也不肯轻易罢休。然后，盐山就想把掏钱的事情推给与志彦。与志彦只不过是听说那人害规士受伤，心里气不过才参加了盐山的寻仇计划，这事归根结底还是盐山的责任。

“那笔钱金额之大，根本不是能轻易凑到的。与志彦拿不出来，也不想拿，就去找规士商量。规士本来就不知道他们去报仇的事，也没想过要让他们那样，他当然对与志彦说不要拿钱。这一来，盐山、若村就跟与志彦、规士成了敌对关系。我去找的那孩子说了，那天晚上盐山他们本来只喊了与志彦，并没通知规士。我觉得，可能是与志彦想找帮手，才把规士叫去了。”

他话里的意思就是，规士一点错都没有。他并无丝毫恶意，贵代美也无法冷漠以对。可这对贵代美而言，就像是被天使温柔地掐住了脖子。

贵代美觉得应该清除这种感觉。她刻意让自己更不讲理一些，回应道：“那又怎么样？后来那些人之间发生了什么，你去找的那个孩子也不知道啊。”

面对贵代美有意抹杀了感情的反驳，凉介神情倔强。

“可是…… 规士不可能参与针对与志彦的私刑。”

“那谁知道？没人知道盐山怎样威胁了他。人，当生命受到威胁时，再不可能做的事也不得不做。”

“可……”凉介发出急促而粗重的喘息，“不管受了什么威胁，他也不可能做出那种事情呀！”

“你凭什么这么肯定？”贵代美十分抵触地反问道，“人没有那么单纯。这跟善恶无关。有些东西，只有被逼到了那个地步的人才能明白。就说你凉介，在那种时候你会怎么选择？我想你自己也不知道。”

“我自己会怎么选择，我很清楚，”凉介的声音有些微微颤抖，“规士他……”

“凉介，阿姨很欣赏你身上的这种正直，”贵代美盯着对方的眼睛，说道，“你以前见到人就知道好好打招呼，包括能像这样坚定地表达自己的看法，我也觉得很了不起。我甚至感觉规士都不配跟你做朋友，你那么相信他，真的谢谢你。

“不过，如果可以的话，请你不要把你的那种正直强加到规士头上。他作为一个人，还没有那么优秀。他不成熟，常常犯错，他身上也背负了许多。命不是那么简单地说不要就能不要的，该逃避的时候就必须逃避。他就是这么一个普通又懦弱的人，你不要对他下定论，认为他一定会怎么做。”

贵代美注视着凉介的眼睛暗淡无光。

"……知道了。"他的嘴唇都变形了，仿佛在强调这话并非他本意，"阿姨话里的意思，我明白了。警察那边，我也不去说了。"

贵代美微微点头："对不起。这事你就别管了。还有，如果规士真做了什么事情，背叛了你的信任，如果可能的话还请你原谅他。我不是说在那种情况下，还逼你跟他继续要好。但是人真的太脆弱了，你心里一定要知道，不管什么人总会犯错，这就够了……好吗？"

"好。"凉介声音微弱地回应，紧紧咬住嘴唇，沉默了，随后他低下了头，正要转身又停止了动作，"但我还是选择相信，因为他不是那种人。"

他没有看贵代美的脸，说完就朝着桌边的伙伴们去了。

贵代美将购物袋放进自行车篮里往回赶。脚踩在踏板上总也使不上力气，前轮的轨迹曲折不定。

凉介的话给贵代美造成了不小的打击，尽管她倚仗着成年人的顽固顶了回去。若不失偏颇地把那番话听进去，最终只能得出一边倒的结论。凉介自己深信不疑，他也竭力传达着这一点，贵代美光听着都感觉痛苦。

回家走的哪条路贵代美都不记得了。她停下自行车，两手都拎着沉重的袋子进了家门。她把袋子放在下沉玄关的台阶上，自己也蹲作一团。

“无论来自亲友的期待有多大，信赖有多深厚，妈妈都想你选择背叛。你可以不是个好孩子。”

正义感也好，友情也好，珍视这种东西是可以受众人夸赞的，但若为此丢了性命则终是一场空。没有什么体面非得拿命去换。就算难堪，就算被人在背后指指点点，自己的命无论如何得先设法保住，其余一切都排在后面。他人的信赖、自己的尊严，就算失去了一切，只要命保住了，全都可以找回来。就算回不到现在的样子，只要甘愿卑微地生活，总能够遇见新的人，找到新的生存意义。

冰箱里装满了新鲜食材。一旦规士被找到，贵代美马上就可以凭借自身厨艺制作一份精心的便当。她想好了，就算门外堵满了媒体人也要冲开人群送出去。

虽不愿承认，其实这份驱使着身体运转的气势已减弱了。凉介的话仿佛在告诉她，自己唯一可依赖的这一丝可能性，其实比想象中还要微弱得多。眼下别说便当，连做晚饭的心思都没有，将买来的食材全塞进冰箱后，贵代美只想休息。

没有精神也罢，总不能老想着最坏的情况——贵代美转变了念头。不管可能性有多微弱，也绝不可以放弃希望。自己必须留存一份气力去完成眼下应做的事情。

贵代美将稿子摊开在桌上重新开始工作。今天再做几个小时，正文的初校就完成了，明天应该可以重新检查一遍标点符号，解决掉暂时保留的问题。

一页，一页。贵代美追逐着那些文字，试图将涣散的心思集中在稿纸之上，查字典、取铅笔、贴便笺。她不时发出痛苦的喘息，勉强打起随时可能萎靡的精神，竭力坚持着眼前的工作。

一登好像还闷在工作室。雅刚才一直在自己房里，现在也下来了。她漫无目的地在客厅里打转，似乎是想找人说说话，但终究没有开口。她仍然闷闷不乐，又不像在闹情绪，那神情里有种迷失了自我的空虚。贵代美说了句“你带曲奇去散个步”，结果她今天居然老实地点了点头，套上狗绳就出门去了。电话和门铃也出乎意料地不再响了。心思一离开稿纸上的铅字，贵代美就感觉周围极度的静寂仿佛在刺激着耳膜，甚至感到有些害怕。

铅笔放了下来。明明只做了两个多钟头，却如此疲惫不堪。可能熬夜的疲劳还未消散，她感觉从肩膀到后背都很僵硬。

伸了个懒腰，走上二楼。看着空旷的阳台，贵代美这才想起昨天忘记开洗衣机了。她去洗衣房打开洗衣机，回来时不经意朝规士房里看了看。

没了主人的房间总感觉有些凄凉。她走进屋内，在床边坐下。床单和枕套十天就换洗一次，飘浮在这间房里的气味却跟雅和一登的又不一样。这气味并不使人厌恶。上一次洗床单是什么时候？感觉快过去两个星期了。如果现在洗床单，就意味着更冲淡了这房间里规士的味道，贵代美又打消了念头。

桌上随意摆放着教科书、笔记本和一些兴趣读物。贵代美拿起笔记本翻看，里面记了些课堂上的内容，只不过是极为普通的笔记本。

规士的兴趣读物多跟足球有关，桌上这几本读了一半的却是与运动康复相关的专业书籍。书里罗列着难懂图表，也不知那孩子读了这些能否理解。一想到他为了重新开始竞技生涯，仍在做各种各样的尝试，贵代美就觉得心中痛楚。

视线落到了桌旁的垃圾桶。为什么当初自己要发现刀具的包装盒呢？贵代美想到了这些。当时没有没收他的刀就好了——悔恨自心底涌起。

那是规士为存活于自我的世界而磨砺的獠牙。他认为那是必需的，所以才去买来。父母根本不懂他的世界有多残酷，就那样夺走了它。

如果没有那样做，现实会发生怎样的变化？现在想这些也于事无补，贵代美却忍不住去想。

刚意识到楼梯上有脚步声，雅已经探出头来。

“我散完步啦。”

雅走进房间，心不在焉地看着满是足球相关书籍和漫画的书柜以及挂历，在椅子上坐下。

“听说抓住了一个人，是真的吗？”她问道，似是为了打破沉默。

“好像是的。”

“不是我哥吧？”

贵代美点头。

“也不知他跑哪儿去了……总不可能一直逃下去。”

她这样说着，似是已摸透了贵代美的心思。只不过，在听完凉介的话后，面对雅这番或许经过精心揣摩的话，贵代美并不觉心里有多满意。

“是啊……”

面对贵代美含糊的回应，雅也很快就无话可接，不再开口了。

“你哥要是凶手，你很难受吧？”贵代美忽地起了这么个话头。

“那是当然了，”雅噘嘴道，“现在讲这些也没用了。”

她似乎也经过了一番心理斗争，这话听上去有些任其自然的味道。

“我哥如果死了还不是一样难受。”雅还跟着说了这么一句，仿佛玩笑般轻松，可贵代美却无法就这么轻松地把这些话听下去。

“不管怎样都难受，那就得做好两种心理准备。”

“嗯？”

“虽然很难面对……这种事既然已经发生了，就无法保证你哥能好好活下来。”贵代美几乎是在说给自己听。

“连我爸都那么说了，我心想，还是做好我哥被抓的心理准备吧……”雅轻声嘀咕着，语气里带着困惑，“现在你居然又讲出完全相反的话来了。”

看来一登对雅说过，规士也有可能是凶手。雅之所以关注规士逃去了哪里，并非刻意迎合贵代美的心理，而是因为一登的那些话。

“可能……你爸身为一名父亲，也有许多考虑吧。”贵代美说。

“妈妈，你跟爸爸的想法差别那么大，亏你们俩直到现在都没有过冲突，真是神奇。”

雅的这番话让贵代美的嘴角也有了些许笑意。

“是啊……那是因为能让我们产生分歧的事情，一直没发生过。”

“难道不是你在忍让？”

贵代美摇头。

“我从来没有像现在这样感觉你爸不可理喻过。他确实不肯让步，爱讲道理，可当他以父亲的身份教育你们时，我总感觉，那些话只有他能说得出来。”

“那这次爸爸遭到你的反对，一定很意外。”

“可能吧，”贵代美道，“我等于是在说自己的孩子是坏孩子，他可能很吃惊吧。妈妈当然也知道这种想法太过偏激……我居然希望自己的孩子是个罪犯。如果不考虑什么人言可畏，一切都不考虑，只是坦然面对自己的心，这真的就是妈妈的希望。这不需要什么道理。”

“你都这样说了，那我也没什么好讲的。妈妈，我不如你。”雅耸耸肩，露出苦笑的模样，“我很羡慕我哥，居然有人宁愿他作恶。”

“这并不是规士和你谁更招人喜欢的问题。”

“嗯。”雅点点头，似乎在说她明白。

“你们俩都是好孩子。”

“我可不觉得那是好孩子。”雅在贵代美说完后玩笑似的说了这么一句。

“嗯。早知道这样，我宁愿把他教得更坏些，”贵代美略带自嘲地说着，“倒不如把规士教成一个只考虑自己，能够轻易背叛别人的孩子，那我现在也不用这样担忧了。”

“我哥身上带着刀，我爸好像已经因此而尝到背叛的感觉啦。”

“什么？”贵代美皱起了眉。她起初以为这是在说规士的工具刀被一登没收的事情，但又觉得哪里不大对劲。

“咦？妈，爸没告诉你吗？”雅好像才反应过来，接着说道，“难怪刚才我就觉得我俩好像说的不是一回事。”

“哪回事？”

“我爸说，他从我哥手上没收了刀子放在工作室里，结果我哥不知道什么时候又拿走了。”

“啊？”

“你出去买东西时我就听说了。所以我才说，我哥或许真有可能是凶手。我爸好像挺受打击……唉，我也一样。”

心里传来砰的一声响。那是一声巨响，宛如早已在心里奄奄一息的规士的幻影正宣示着自身的存在。贵代美仿佛听到了有声音在呼喊，呼喊着：“我才不是什么好孩子！”她觉得那是饱含生命力的咆哮。

“是吗？”这一声微弱的回应里带着无法自制的颤抖。

你背叛了我们，干得漂亮。

如此轻易背叛父母的孩子，还能说他不会背叛朋友的信任吗？

结果还不一定——贵代美心想。

19

“长假最后一天的晚上，在本案中身亡的仓桥与志彦的守夜在户泽殡仪馆肃穆地结束。仪式前家属接受了媒体的采访，坦率陈述了他们对凶手的看法。

"'杀了人，还逃跑，再没有比这更卑鄙的了。说什么未成年，那又怎么样？我们家与志彦也是未成年人。他本来可以拥有几十年的未来，就这样被蛮横地剥夺了。我想说的只有一句，把与志彦还给我。'

"参加了仪式的年级同学和校方人员也表示，希望案子早日破解。

"'到现在我都不敢相信。明天就开学了，他却再也不能来学校，我无法相信。'

"'听说还有人逍遥法外，希望他们快点被抓住。就这些。'

"此外，今晨找到的少年目前正在户泽警察局接受调查。有消息称，少年的某些言论暗示他和案件有直接关联，正式审讯安排在明天。被认为与案件相关的另一名少年的去向，包括各种真相的破解，该少年明天的供述将成为关键。"

夜间的新闻节目围绕户泽杀人案主要报道了仓桥与志彦的守夜仪式，还有上午找到的少年的相关消息。

在守夜的现场，仓桥与志彦的外祖父接受一众媒体采访的片段被播了出来。画面只到身着礼服的他的脖颈部分，从说话的架势来看，是花冢涂装的老板没错。他那沉痛的模样和对凶手无法抑制的怒火，感觉都完全符合高山的转述，即便画面里没出现他的表情，一登在看到一半时都无法直视荧屏了。

高山应该也去参加守夜了吧。按理说，这种事情他们招呼一下自己也很正常，一登也一定会出现在现场。可现实是什么都没有。仿佛撇开自己是理所当然的，是心知肚明的约定，这让一登无法接受。

盐山被捕了，他在网上被当作主犯议论，警方的调查应该已朝着破案迈出了一大步。

明天或者后天，总之不会太久，另一名少年的去向即将查清，真相大白的时刻终会来临。而作为只能等待这一切发生的人，一登感觉如坐针毡，痛苦无法言喻。

逃跑的少年们，为何在半路各自行动了呢？也许理由很简单，只因为分头跑更容易躲避搜捕的大网。而当思绪集中到这一点上后，这些细节似乎又有了各自的深意。

参考网络论坛上纷乱的流言和传闻，一登认为规士和盐山之间的关系算不上好。规士曾跟饭冢杏奈提及仓桥与志彦，至少和他相比，盐山并不是一个容易相处的伙伴，这应该没错。

如果真是这样，那么逃窜的两个人在半路选择各奔东西，这一事实也算是印证了两人之间的不和，而且是完美地印证，完美得让人感觉不舒服。案发当晚，现场的争斗趋于白热化，虽非出自本意，规士还是在不得已的情况下参与了行凶——如果事实的确如此，那么他也可能在逃亡之初被迫与另一人共同行动，而在中途选择分道扬镳，这一变化也就不显得突兀了。

在这样一件恶性案件里，不应该将规士看作一名加害者而应是一名受害者，这样才更接近真实。这一想法在一登心里到现在也都没有改变。

人不能全凭道理做出判断。无论你多么相信一个人，都有可能遭到背叛。在刀子这件事上，规士就背叛了一登。这就等于消解了所有信赖的根基，一登再也不能断言规士就应该是什么样子。

“规士那小子，身上一直带着我们没收的那把刀。”

贵代美因昨天熬夜而睡眠紊乱，进卧室时已过了凌晨两点。一登十一点多就上了床，他以为自己睡着了，其实不过是短暂且极浅的睡眠。贵代美进屋时，他的脑袋昏昏沉沉，可所有动静又都听得清晰。

“我听雅说了。”旁边那张床上，贵代美安静地应道。

“哦……”一登嘀咕着，那声音几乎难以听清。

自己的失望无法获得贵代美的共鸣，多么无奈。

而此时的贵代美或许也是同样的心思。她从雅嘴里得知真相，表情却并不像是拥有了无限希望。当然，仅凭这个并不能确保规士的存活，她心里或许有着更为复杂的思虑。

两个人的希望完全朝向了不同的方向。但无论哪一边，都是无望的希望。他们都处在崩溃的边缘，为了保全自己才选择了相信某种可能性，而这种相信也全无耀眼的光芒。其实，不管二人各自有着怎样的执着，都不意味着非得责难对方，或者全面否定对方。

一登也是在无法继续否认规士就是凶手的可能性之后，才想通了这一点。同时他也觉得，必须做好事实的确如此的心理准备了。

“顺其自然吧……”

这一声低语也听不大清，不过贵代美仍然轻轻“嗯”了一声，像是给对方的回应。

翌日清晨，一登一下床就去清理门口，这两天都是这样。

今天一样有生鸡蛋砸到门口。是不是同一个人呢？一登觉得这太讨厌，不过很不可思议，心里再没有了昨天和前天那般的怒火。一种觉悟已开始在他头脑的某处萌芽，那就是自己迟早要面对外界的反应，到时候就不是这种程度了。他不再强势地试图报警，也不再拍照，只默默清扫。

他取了报纸，回到客厅。

“少年承认谋杀”“被害少年还有一名？”这些标题让一登瞬间止住了呼吸。之前他就充分意识到了这种可能，而当这一切从被捕的盐山嘴里说出来，更带有了紧迫的意味。

不一会儿雅就下来了，她比贵代美更早地起了床。她在一登身旁扫了一眼报纸，发出了叹息。长假结束，开学第一天的早晨，这一声叹息显得那么格格不入。

“给你烤点面包？”一登说着便起身走向厨房。

“我还能去学校吗？”雅试探似的问道。

“当然了。你正常上学就行。”

“万一出什么事……”

“能出什么事？”

“因为我哥他……”

“真到了那一步再说。如果真有什么要紧情况我会给你打电话，现在就提心吊胆也没用。”

“嗯……”雅轻声附和。

“在学校如果有人说你什么，你就去找老师。”

一登的这句话，也不知雅是否听了进去，她的头只是极其轻微地动了动。

吐司面包加上火腿肉和芝士，搭配豆奶一起吃。昨天贵代美出门购物，现在冰箱里塞满了食材，但一登也没那个心情做什么别出心裁的早餐。

早饭过后，雅上二楼换上校服，拎着书包又下来。

“路上小心。”

面对一登的招呼，雅也没好好回应便出了家门。她的心情看起来是那样沉重。

规士就是加害者之一的可能性已无法忽视，一登昨天就委婉地跟雅提及了此事。因为他知道，雅一直惧怕这一可能成为现实，于是决定还是让她事先做好一定的心理准备。

当然，他告诉女儿这些，并不是以一种十分绝对的态度，但雅似乎仍然受到了打击。面对这种会影响自身前途的事情，她那样反应也是无可厚非的。万幸她骨子里是个性格爽朗的孩子，所以到晚饭时，从她所表现出的态度就能看得出来，在一定程度上她已经决定顺其自然了。

只是现在要去学校了，包括班级同学的反应在内，新的麻烦恐怕还会不断涌现。一登也觉得她很可怜，可惜现在这个时候也无法为她做些什么。一登已经想好了，如果规士被警方抓获，雅受此影响表示不愿再去学校，自己一定会理解她的。

快九点时贵代美起来了。她看到摆在餐桌上的报纸，翻到社会版面，盯着户泽杀人案的后续报道看了一会儿，没有做出任何评论。

“雅去学校了？”

“嗯。”

二人之间的对话也到此为止。

一登换上工装裤和纽扣领衬衫来到工作室。不一会儿助手梅本克彦也来上班了。

“早上好。”

“早。”

“工具刀找到了吗？”梅本将桌上做了一半的建筑模型往身前拉了拉，向一登问了这么一句。

“啊，哦……谢了。”一登含糊其词地应道。

“还真是规士拿走了？”

“嗯……”

面对一登的回答，梅本像是表示理解似的点了点头，然后像往常一样默默开始做起了模型。

看起来梅本好像对一登家所处的境况一无所知。今天外面也没有媒体的人在。他或许知道户泽发生了杀人案，但除非他总盯着电视看，否则至今尚未发觉也并非不可思议。

接下来是一如既往的工作时间。沉默包围了房间，甚至让一登感到痛苦。不过以梅本的性格，他本就不会因为安静就多说废话，而是醉心于手头的工作。这一点一登也习惯了，实际上，他感觉梅本似乎是真的什么都不知道。

没过多久，一登也开始专注地做起眼前的工作来。不管外面正发生什么，此时自己所置身的是一处静谧空间。既然如此，倒不如顺势好好做完手头的工作。

一登摆出照片，那是在种村家的宅地拍的，然后他翻看起画有草图的记事本。站在那块地前方的大路上仰望，住宅应该呈现怎样的景观？什么样的客厅，能让他们夫妇共处时心情安乐？当他们邀请父母、兄弟、朋友时，什么样的玄关能给人留下好印象？一登不断丰富着草图的细节，将设计构思逐一落实。

那对夫妇还年轻，豪华质感很重要；同时考虑到要长期居住，稳重感也必不可少。可以尝试日式和西式相结合的现代风格，但一定不能是那种简单的拼凑。有一些创意是本打算用在秋田家的，但很可惜没用上，现在正好拿出来。一登想好了，他要做出一个让人耳目一新又由衷感动的设计。

种种创意交会到一起，一个崭新的家庭住宅正呈现出全貌。

细节上的丰富还需要时间，但现在一登已经能感觉到，这将是一件高质量的作品。

做建筑设计得有丰富的灵感，通过灵感催生创意，同时，还必须有扎实的理论基础，这要靠经验的累积。

一登认为自己现在的状态属于两者皆有一定储备，不存在过于欠缺的问题。换句话说，自己正处在日趋成熟的时期。建筑这一行也分许多种，在定制住宅这一块，尤其是不靠花哨头，而是依据土地和预算情况施工，兼顾实用性和设计性的定制住宅，一登有自信，即便在为数众多的同行当中，他出的活儿也绝不输旁人。特别是像现在这样推敲设计方案，构思各种好的创意时，这份自信尤为强烈。

不知不觉，杀人案的事已被抛到了脑海里某个角落。时间在流逝，一登再次体会到这份工作的魅力，享受着毫不吝啬地将自身才华倾注于工作时的充实感。

这时，电话响了。梅本接起后又转给一登道："是种村先生。"

"我是石川。"一登拿起自己桌上的听筒。

"哦，石川先生……我是种村。"

"种村先生，前些日子多谢您了。"

"哪里哪里……我现在人在外面，声音可能不大清楚，不好意思。"

"没事的，"一登道，"我现在正在精修设计方案呢。可能还需要些时日才能成形拿给您过目。我感觉，这次的设计效果很不错。"

"哦，那个，我正想跟您商议这事……"

面对种村这种含混不清的态度，一登皱起了眉头。种村的声音并没有像他一开始说的那样难以听清，但听起来却比以往阴沉许多，并且一登才意识到，种村这个时候竟然主动给自己打电话，确实有些不正常。

“是关于哪方面的？”一登问。

“这……真是非常抱歉，”种村以颇为难以启齿的口吻道，“这次盖房子的事，我在家跟我妻子还有父母商量了，他们当中有人觉得，其实还可以选择找其他设计师做设计……”

“什么？”

“我们也商量了很久，这次还是不请您做了，希望您能理解……”

种村的合同还没有签，只要他想反悔，一登也无可奈何。一般来说，交出设计初稿并给出大致预算之后才是签约环节。偶尔也有在这个环节没签成的。

现在方案都还没给，对方就要反悔，这实在不正常，也让人心里不痛快。

“请问这究竟是出于什么理由？”

“该怎么说呢，我父母……可能对您的设计没什么感觉吧……”种村的回答含混不清。

“可设计方案我都还没拿出来呢。”一登能说的当然也只有这些。

“哦，那是……他们看过您主页上的设计实例……”

“请问，具体是对哪个部分不满意？”

主页上的施工实例，木结构、钢筋混凝土结构、都市风格、乡村风格、传统风格等各种风格的建筑作品都有上传。因为一登也考虑到了，不要过于强调某一种风格，这样更方便客户提出要求。

也正因为如此，种村所说的这个理由让一登感觉难以接受。

“具体我也说不好，主要是我父亲说他认识一个交情不错的设计师，这次我父亲也提供了经济上的资助，他的意见我们很难拒绝。所以，这次真的对不起您……”

对方都说到了这个地步，确实也没什么好说的了。可是，一登总觉得这事另有隐情，他想要证实自己的判断。

“恕我直言，您是不是听到了什么关于我家的事情？”

“哪里，这……”种村吞吞吐吐的，没有正面回答。

“媒体现在正报道户泽的案子，您是不是听说了什么？”

种村沉默了。

沉默就是承认，一登也明白，但他却找不到合适的话语来迅速结束这场对话。

“非常抱歉，”种村终于打破沉默，语气不自然地说道，“只是，这房子对我们来说，是一次关系到一辈子的消费。所以这……怎么说呢，请您理解，我们不想留下遗憾。”

家是保护家人的重要场所，怎么能托付给一个家里出了杀人犯的建筑师呢？

“可是……我们家孩子只不过是下落不明，他跟那案子究竟是什么关系，现在还不清楚呢。”

这句反驳，一登自己听在耳里都觉得勉强。他说得毫无热情，仅仅保留了体面，已经不再像当初相信规士不是凶手时那样了。支撑着这句话的理由只有一个，那就是现在真相还没有大白，这还不算谎言。

“抱歉。总之事情就是这样了。”

果然，这话种村并未听进去。

一登悻然挂断电话。

放下话筒，一登和一直盯着他看的梅本视线相对。

“种村先生说决定找别人了。”

一登这样解释，梅本仍保持着僵硬的表情。

“规士……他怎么了？”

一登无法消解心中强烈的失望，只得避开对方视线，小声答道：“失踪了。”

“是跟户泽的这个案子有关系吗……”

“好像是有关系，但究竟是什么样的关系现在还不知道。”

很显然，话说到这个份儿上，梅本一定已经想起工具刀的事了。

“当然，他也可能是犯案的凶手之一，”一登决定放弃拙劣的掩饰，说道，“外面有许多这样的传闻，所以难免有客户选择放弃。等事情真相大白，如果真是那个结果，周围的反应恐怕就更露骨了。工作当然也会受影响，也可能做不下去。如果真的到了那一步，你打算怎么办？”

“我也不知道怎么办……”

一登望向他。他本是个表情匮乏的人，现在却满脸都是不知所措。一登本希望听他说些“不管怎样我都跟着您”之类的话，哪怕是撒个谎也好。可惜他不是那种会奉承的人。他不看人脸色只顾埋头完成工作，也不知这该算优点还是缺点。一登当初就是看重他这性格，事到如今再来感叹他不能替自己解忧也无济于事。

“什么事情都有可能发生，你也早做打算吧，”一登以此结束谈话，“时间还有点早，不过我先去吃午饭了。”

说完他就离开了工作室。

今天一天的工作都没了。

可以去看看秋田家的施工进度，可一登又不大愿意跟高山打照面。对了，今天应该是仓桥与志彦遗体告别仪式的举办日期。高山说不定也去那边了。一登的脑子里，各种思绪纷乱混杂。只不过，厚重灰暗的云雾笼罩了他全部的意识，延缓了这些思绪的交错，它们很快便沉淀了下去。最终，一登能感觉到的只有越发严重的虚脱。

玄关处摆了一双鞋，是雅上学时穿的。

一登朝客厅看了看，只有贵代美一个人攥着手机呆站在那里。稿子可能全看完了，如今正端正地摆在餐桌上，贴满了便笺。只是她却完全没有工作结束后放松的样子，反倒显得很不耐烦，不时地挠着头发。

“雅回来了？”

面对提问，贵代美迟疑了一秒才看向一登，然后点头。

“都还没过中午。可能她遭到了同学的数落。跟我一样的遭遇。”——一登带着些许的自嘲，打算去找雅聊聊。

“听说另一个已经找到了。”

正要上楼时，贵代美的话传进耳里。

“哦？”

“就在刚才，那个内藤给我打了电话。”

一登屏住呼吸。

终于还是来了。他想。

“还不知道是不是规士？”

“好像还不知道。”

“哦。”一登回应着，拼命压抑心中情绪，脚踩在楼梯上觉得软绵绵的没有力气。

面对正在心中萌芽的那份预感，一登有种不知如何是好的感觉。

当他听到“另一个已经找到了”时，规士的脸瞬间就出现在眼前。规士疲于奔命却最终被捕的模样，不受控制地在脑海里浮现。这样的预感和直觉，全部来自他由种种道理展开的思考。他本身一直相信规士是被害人，对身边的人也十分肯定地强调这一点，如今经过反复思考他才发现，自己心中认定规士为加害者的想法竟越发强烈起来。

“没事吧？”到二楼后，一登看了看雅的房间后问道。

雅正背对着一登睡在多功能双层床上，没有回应。

一登也感觉问完之后就不知该如何是好，找不出合适的话语继续下去。他本想上来找女儿聊些什么，但一想到这个家必须经历的风暴可能才刚开始，他才意识到，现在无论说什么都起不到安慰的作用。

一登走出雅的房间，这种时候也只能留她独自一人。他觉得这并非他想逃避使命，至于真假，他也没有气力去自我求证了。

规士房间的拉帘是开着的。一登进去坐在了写字桌前。

桌上放着关于运动康复的专业书籍。看书皮的状况，应该是经常翻看。这书挺贵，也可能是在旧书店买的或者从别人那里借来的。

看来规士急于通过自己的方式改变现状。或许这最终导致他走上了歪路。

事情发展到这个地步，也只能随它去了。渐渐地，一登有了这样的想法。总去纠结什么不敢相信也于事无补。再这样下去这只会成为逃避现实的手段。

当真相公之于世的时候，只有接受。

他觉得，家人真是一种特别又复杂的存在。

他们不是自己，又不是他人。他不觉得孩子是自己的分身，也常常感觉自己不知道他们的想法，但又不能拿“他人”这个词去形容他们。一旦出了什么问题，身为父亲的一登自不必说，就连作为妹妹的雅也难说毫无干系。

当然，这些东西他一直十分清楚。所以才总注意着不让规士走上歪路。见他玩得太疯就叮嘱他，刀也没收了。

一登觉得自己至少尽到了父亲的义务。即便这样，规士还是选择了背叛，这让他无话可说。无话可说，并不意味着他没有方法解决。而是说，他只能默默地背负起责任，甘愿承受来自社会的惩罚。这就是家人，这就是父母和子女。

没有办法——一登试图让自己接受这一稍显牵强的放弃。没想到这非但未使他感到任何不妥，反倒让他松了口气。不过，他心里多少还是残留了一些抵触的情绪。

他就是觉得，自己苦口婆心说了那么多，最终都是无果的努力。

他就是觉得，或许当初教训他时应该更用心一些。

悔恨的情绪一点点地翻涌而出，他只能在内心轻声告诉自己，这没有办法，以此宽慰自己。

当初在这个家里没收他的刀，也是无果的努力。

他心里这样想着，手伸到了当初规士用来保管刀具的抽屉。

他茫然地拉开抽屉。

然而……

看到抽屉里的情况，他意识到了不对劲。仿佛神经短路了一般，他的身体无法动弹。

文具收纳盒的边角，本该是没什么特别的地方。他不明白，为什么工具刀会出现在这种地方。

他用颤抖的手将其拿起，很快又放下。

这绝不是自己眼花。

“臭小子……”一登下意识只想到了这句话。

一登冲到一楼，从卧室衣柜里拽出礼服，换上白衬衫、黑领带。

“家里有没有装帛金用的白信封？”他在将胳膊伸进外套的同时走出卧室，问贵代美道。

“怎么了？”贵代美有些意外地反问他。

“我去一趟仓桥的葬礼。”

“什么？”

一登从橱柜抽屉里翻出信封，飞快地写下名字并塞进钞票，瞥了在一旁傻看着的贵代美一眼就出了家门。

他上车往郊外一家殡仪馆驶去，看昨晚的新闻，他认为场地应该就是那里。

殡仪馆的停车场内摆出了“仓桥家仪式会场”的指示牌。不知葬礼几点开始，场地里车停得满满当当的，看起来应该是赶上了。

一登下车就往灵堂跑去。大厅门口架了一排摄像机。众媒体认出一登后一阵骚动，但一登并未理会，径直走了进去。

葬礼正要开始，灵堂门口有一些穿着校服的高中生。学校已经开学了，可能是为了配合学生的时间，才安排在这个时间举行仪式。一登感觉自己能赶上这场葬礼是命运的安排。他应该来，所以他来了。

一登在接待台填写姓名，负责接待的男子看到一登名字时似乎很讶异，一登也不管他，进了灵堂。

座位都满了。灵堂里坐着三四十名身着同样校服的高中生。可能是班级同学集体来参加。还有另一些穿着不同学校校服的学生。成年人也不少，至于是学校的人，还是父母、祖父母的单位熟人，或者是街坊邻居就难以分辨了。

许多人都站着，一登也不打算坐了，随便找了个靠墙边的位置站定。

“不好意思……”

一登注视着挂在灵堂上的遗照中仓桥与志彦的笑容，没多久身后就有人招呼。是刚才接待台的男子。

“这边有些情况需要确认一下，能不能请您再来接待台一下？”

“什么事？”

见一登反问且并无动身之意，男子沉声问道：“您是逝者什么人？”

“我儿子跟与志彦是朋友，我跟他外公是生意伙伴。”

“失礼了，请问您儿子姓名？”

“石川规士。”

男子忽地怒目相视。

“到这边来一下。”

“干什么？”一登不为所动。

“高僧入场，请各位合掌相迎。”

僧侣走了进来。场内一片肃静，男子扯住一登手腕。

“请你出去。”

“你住手。”一登反抗，捏紧佛珠，双手合十。

待僧侣入座，一登松开双手时，已另有两名男子跑了过来。

“请你出去。”

“凭什么？”

一登的四周开始有些骚动。

“凭什么？你儿子可是当事人。”

“只是有关系而已。他跟与志彦一样。”

“总之你出来。”

男人们伸手抓住一登肩膀。

“你们住手！”

众人不知出了什么事，都望向这边。一登的视线跟家属席上的花冢相对。一登行了个注目礼，花冢却瞪大了眼睛，神情狰狞地看着一登。

来宾席的第一排有人站了起来。是高山。

“你来干什么？！”高山顺着过道朝一登跑来。

“请让我参加。请让我替规士跟他行个礼。”

“你疯了吧？”高山一把抓住一登胸前的衣服就往外扯。

“你有没有考虑过家属的心情？！”

“不是规士！规士不是凶手！”

这样的高呼并未使高山有所动摇。一登转瞬就被拉到了灵堂外面。

“他跟与志彦一样！他也是受害者！”一登仍在叫喊。

“你有什么证据这样说？！警察告诉你了？”高山仍抓着一登胸前的衣服，几乎是怒吼般地叱问。

“警察不说我也知道！不是规士干的！”

“混账！”

高山一直将一登拖出了大厅才松手。紧接着，他的拳头就砸在了一登脸上。他虽已算老人，但毕竟常年出入工地，身体结实得很，拳头像岩石般坚硬。一登受不住这一击，一屁股栽倒，在水泥地上直打滚。

“滚！”高山背过身去。“太不像话了！”他扔下这么一句便回灵堂去了。

一登被揍了，一时间无法动弹，也再叫不出声来。

“不是他干的……”他痛苦地呻吟着，好不容易挤出了这句话，声音却那么微弱，几乎无人能听见。

他双手撑在水泥地面上，强忍着呜咽。

他的面颊阵阵刺痛，身体微微颤抖，打算起身，手脚却使不上劲，不知如何才好。

环顾四周，一登发现门前的摄像机那冰冷的镜头正对着自己。

一阵挣扎，他终于站了起来。

只能回家了。

他弯着腰，拖着沉重的脚步朝停车场走去。

口中有股腥甜的味道，伸手一蹭，手背上就沾了血迹。看来是嘴角裂开了。

正打算从上衣内袋掏手帕，却发现手机正在振动。看来此刻发抖的不止自己的身体。

和手绢一起掏出来的手机，画面上显示的是自家号码。

一登按下通话键，深深地呼吸了两三下，这才对着电话说了声“喂”。

20

究竟发生了什么事？面对突然说要去参加仓桥与志彦葬礼的一登，贵代美不知所措，只能目送他离开。

她之所以说不出话，也是因为被他那股气势所压倒了。他眼眶湿润，表情悲壮。

再怎么跟花冢涂装的老板有交情，他可是仓桥与志彦的外公，现在这种情形，这葬礼他绝不会让一登参加。贵代美觉得一登若被人轰出来也是理所当然，他们之间的交情这时候只有适得其反的作用。

就算这样，他都要去参加葬礼，给人家鞠躬？

贵代美明白，自打知道规士拿走了刀子，一登的心态也有了某种变化。或许另一人落网的消息刺激了他，让他产生了只有趁现在去赔罪的想法。贵代美这样推测。

那样坚定主张规士不可能是凶手的一个人，如今却认为除此之外别无他法，这也让人心中悲凉。他一直都认为规士还是死了的好，不难想象他内心那种种斗争纠葛。

不过……

是否真是这样？

上二楼时还神情呆滞毫无生机，下来时却是双眼充血……如此突然的变化实在令人难以理解，贵代美想为他的行为找到理由，却发现自己的总结并没多大说服力。

二楼发生了什么？

贵代美像是被什么所吸引了一般走上楼梯。

她顺着走廊朝雅的房间走去，半路又停下脚步。因为视线扫过规士房间时，她发现写字桌右上角的抽屉敞开着。贵代美这才发现，自己上来之前完全没有做好足够的心理准备。以她现在的心态，根本不适合去知晓些什么。可身体已经不自觉地朝桌子去了。想要知晓些什么的本能无法抗拒。

抽屉里。

文具收纳盒，最边角那一块。

茶色刀柄和刀鞘。

工具刀。

本不该在那里的东西，赫然出现在那里。

“啊……”

为什么……

“啊啊啊——”贵代美捂着脸，膝盖没了力气。她觉得这个房间里的呼吸都停止了。在这个失去了脉搏的空间里，贵代美发出悲鸣。

“妈？”雅招呼道。她听见了贵代美的声音，来看看情况。

雅进屋后，视线很快也停留在抽屉里那把刀上，不禁“啊”了一声，屏住呼吸。

“怎么会这样……”她恍惚道。

楼下的电话响了。铃声响了很久，贵代美的身体却不听使唤。雅下去接但对方已经挂断，她只得回楼上。

“挂掉了。”她仿佛在自言自语。

贵代美终于起身下到一楼。雅茫然地跟着下了楼，她似乎不愿独处，或者，她是在担心贵代美。

来到餐桌边，贵代美低头看着已经校对完毕的稿件。接下来只需装进信封交给快递。长假期间拼了命地完成了这件工作，而现在她却不知道这是否还有意义。如果现在还有十页稿子没看完，贵代美没有自信自己还能去完成它。

不一会儿，放在桌角的手机响了。内藤的名字出现在屏幕上。又有什么新情况了吗……可是，无论是什么样的情况，对现在的贵代美来说，得知真相才真的恐怖。

踌躇过后，贵代美没接电话。

结果家里的电话又响了。

见贵代美没反应，雅去接了起来。她十分戒备地“喂”了一声，停顿一会儿等对方发话，然后应道“请稍等”，便要将无绳电话交给贵代美。

“警察打来的。”

心里一阵抗拒和动摇，贵代美不觉将手捂在了胸口上。

果然是有什么新情况了。

“喂……”贵代美将话筒放到耳边，发出沙哑的声音，“是我。”

“喂，我是户泽警察局的野田。”听筒里传来的是前两天到家里来过的女刑警的声音，“请问是规士妈妈吗？”

“嗯，是的。”

“不好意思，打扰您了，关于您儿子的事，我们想找您谈谈，可否请您和规士父亲一起过来一趟……”

对方说派车来接，具体事宜见面再谈，其他就再没说什么。贵代美也刻意不去问。

挂断电话后，贵代美打了一登手机。

“警察说想让我们去一趟……”

“是吗……知道了，现在回去。”

贵代美知道自己说话有气无力，而一登的声音也那么微弱，就像是一具空壳在开口。他应该是去参加葬礼了，结果如何不清楚。他说要回来，贵代美决定换好外出的衣服等着。

没过多久一登就回来了。他双眼空洞，嘴角肿了不说，还渗着血。贵代美好奇发生了什么，又觉得其实不难想象，决定还是不多追问。一登也不开口。想想当初规士脸上出现瘀青时也是这样的，贵代美才发现，男人在这种时候都不肯说话。

一登换下礼服，换上平时那身衬衫和工装裤。贵代美也只化了最淡的妆，整理好仪容。双方都保持着沉默。

贵代美将稿子装进信封，打电话给快递公司。她告诉雅，快递员来了就把信封交给人家。

工作的事告一段落，可以专注于规士的事了。

现在还不是悲观的时候。或许希望十分渺茫，这时候更得拼命盯住希望，让它成为自己的依靠。或许警察要告诉自己，今天抓到的是规士。

不管怎么样，两个人都抓到了，通过接下来的谈话应该就可以了解事情的真相了。一想到这些，贵代美就觉得身陷紧张之中，几乎窒息。

墙上的钟指向一点，门铃响了。户泽警察局的野田通过对话器说："我来接二位了。"

贵代美和一登一起出了门。车就停在家门口。寺沼坐在驾驶座朝二人点头示意。

在野田的安排下，二人坐在了车后座。

车开动了。

车内没有一句像样的寒暄，很快成为一个无声的世界。贵代美和一登也都没开口。

出了住宅区驶上县道，坐在副驾驶位上的野田在等红灯时清了清嗓子，侧身看向贵代美二人："其实，从昨天到今天，案情调查有了重大进展。"从她那僵硬的语气可以判断，她本人也处于紧张状态，"我们认为跟这起案件有关的几名少年里，昨天找到了一人，今天早上又找到一人。"野田说到这儿，停顿了一下，"然后……"她开了个头，却没往下说。

信号灯变绿了，车继续前行。

野田的视线有些下垂，感觉并没有看着贵代美二人。终于，她继续开口了："根据昨天找到的少年提供的消息，刚才，我们发现了继仓桥之后的另一名少年的遗体。"

21

"我们先去局里。到了之后有件事情想请二位确认一下。"

遗体找到了。

想请一登他们指认。

野田就说了这么多，朝二人颔首示意后，脸又转回了前方。

车内再次陷入沉默。话题仿佛刚开了个头就草草结束，一登和贵代美却都不去深究。

看起来，他们试图通过沉默促使一登二人做好心理准备。然而此时，一登的心早已揪成了一团，他就像一个因惧怕敌手而放弃了逃亡和抵抗的小动物，接下来的事情只有听天由命。

很快车就开到了户泽警察局。门口聚集了许多媒体。车绕到建筑背面一处停放了许多警车的角落，最终停了下来。

发动机熄火，这次是寺沼转过头来："据我们调查，认为这次发现的遗体是规士的。所以……我知道这非常痛苦，但还是要请父母来确认身份。"

一登本身早对这一可能性反复思考过千万遍，可一旦这些话语真真切切地摆在了面前，他又觉得这简直太不现实。他觉得，此时不管做出怎样的反应都像是假的，结果一个字也未能说出口。

"今天找到的那个少年呢？"贵代美的声音听上去仿佛她被扼住了喉咙。提问里有着她的决心——就算希望已十分渺茫，她也不能放弃。

"不是规士。"寺沼回答。

那么，任何可能性都没有了。有的只是不真实的感觉。贵代美也有了同样的想法，又或许她仍未死心。她只发出了轻微呼吸的声音，一动不动。

"遗体的着装跟前两天二位描述的一致。长相在我们看来应该是规士。至于怎么发现的……根据昨天找到的少年提供的消息，我们展开实地搜查，然后发现了遗体。"

也就是说那名少年做出了供述：除仓桥与志彦外，规士也被杀害了。

“请跟我来。”说着寺沼就下了车。一登跟着下车。他并没觉得自己有什么意识，身体就像是被操纵的人偶。

一行人进入建筑背面的小门，走廊昏暗而冰冷。没走一会儿就上了电梯，电梯里同样阴沉死寂。身体、心情，都无法面对这种地方。规士真的就躺在这样一个陌生的地方？心中还是毫无真实的感觉。

遗体保管室似乎是在地下。出电梯后又顺着走廊前进。寺沼停在一扇门前让一登二人等候，自己先进去，很快又出来了。

“现在正在验尸，请稍等。”为打发等待的时间，寺沼又继续说话了，“面部相对来说没什么损伤。头部被坚硬的棍棒击打过数次，留下了伤痕。死亡日期初步判断为星期日黎明时分，距今已过去四天，遗体有一定程度的腐烂，有一些臭味。指认时可以只进去一个人，或者如果二位都没有心理准备，还有指纹比对的方法。”

一登看向贵代美。她面色苍白，仿佛随时可能倒下。她轻轻点了点头，说了声“我去”。

寺沼看一登。

一登原打算如果贵代美不愿意，就自己一个人去，现在这样他更不必犹豫。

见一登点头，寺沼也颔首表示他明白了。

他们在走廊的长椅上坐了一会儿。野田一直陪在旁边，寺沼进了保管室。

很快寺沼又回来了。

“请。”

听到招呼，一登二人起身。见贵代美贫血似的有些站不稳，他赶紧扶住她的肩膀。

“没事吧？”野田有些担忧地看着贵代美。

贵代美低下头，只是很短的时间。情绪渐渐稳定下来，她又抬起头来平静地回答道：“没事。”

“规士妈妈，要不您就在这里等一等？”

野田表示关怀，贵代美仍然摇头。

“让我见一面吧。”

野田感受到了这句话里的悲壮，再未开口。

“可以走了吗？”一登问道，他一直扶着贵代美的肩膀。

贵代美点了下头，迈步前行。

寺沼打开保管室的门，将二人迎进去。

绕过屏风后，眼前出现了五六名男子的身影，应该是办案人员。他们见一登等人进来，就离开房间正中央的病床，远远站着。

病床旁边有张长桌，上面摆放着十分熟悉的外套、T恤和牛仔裤。

病床上是遗体。

遗体被包在袋子里，应该是为了搬运，只有胸部以上的部位露了出来。

没有了生命，带着伤痕，面目全非。

贵代美忽然加快了脚步，肩膀挣脱了一登的手。

“规士……”

贵代美的一声呼喊，终于让一登有了些真实的感觉。

规士死了。

“规士！规士——”

贵代美扑了上去，反复发出悲痛的呼喊。她哀号了出来。她浑身颤抖，仿佛要用尽全部的力量，不住地大声哭泣。

一登那一直停滞在现实之外的感情，此刻也决堤般涌动倾泻。只见他满眼泪水，喉头不停地震颤。

规士早就死了。

在一登等人任性地争执着什么相信还是不信时，规士就已经以这副模样死去了。

相信还是不信，根本毫无关系。

规士拿回了被没收了的刀子，凭自己的意志把它留下了。

然后他死了。

一登他们因自身行为而悔恨，其实根本毫无关系。

一登明白，这具尸骸，是规士不为旁人左右、坚持自我意志的结果。

他只是在静静地、坚定地强调——我就是我自己。

真的……

无可取代的孩子没有了。

“规士！”一登也呜咽着喊出了心爱的儿子的名字。

据说，规士的尸体发现于一家金属加工厂的资材堆放站深处，身上裹着蓝色塑料布。工厂属于今早被捕少年的祖父。

在网上被称作W村的少年是若村，主犯少年姓盐山，这些都是一登后来听贵代美告诉自己的。这些包含敏感问题的信息，警方终究没有共享。关于案情的真实情况，则还以那句“正在调查”来搪塞他们。

不过寺沼承诺，将在记者招待会上公开的信息可以提前透露给他们，在送一登夫妇回家前便说了一些情况。

根据寺沼的话，综合贵代美从规士的朋友和记者那里听来的话，再加上之后报道出来的一些消息，二人分析出了事情的轮廓。

孩子们之间因为钱的事情起了争执。

队内训练赛上堀田让规士负伤，盐山听闻后拉上若村和仓桥计划了复仇行动。这事规士完全不知情。

仓桥和规士关系很好，纯粹因为义愤而加入了复仇。盐山谋划暴力复仇，最终目的却是以此逼迫对方给钱了事，所以复仇计划才没告诉规士。由于需要掌握暑假期间球队的活动日程和训练时间，盐山让仓桥想办法。仓桥则去找规士，说希望规士安排他们俩和规士女朋友三人一起见面，好让饭冢杏奈介绍女孩给自己认识，并以此为理由求规士问饭冢杏奈球队活动的结束时间，以及之后何时有空。结果，规士安排了见面，但后来仓桥临时取消了约会，因为当天三人要袭击堀田。

按原定计划，三人在堀田结束训练回家的路上埋伏，但中间出了差错。盐山本打算拿金属球棒稍微敲打一下堀田，但不使对方受伤，目的是恐吓他拿钱出来，可结果堀田的腿却骨折了。真相如何现在已无从得知，据盐山跟警方交代，虽然盐山和若村使用球棒时有所克制，但仓桥出于愤慨并未收手，直接将堀田的腿打骨折了。

这样一来，事情变得无法收场。再后来，堀田找来了跟自己有来往的当地一个不良团伙来解决，盐山等人一下子陷入困境。不良团伙逼迫盐山，反过来要盐山加倍拿出当初要求的金额来解决此事。具体金额大致推断是五六十万日元。

就这样，盐山选择了仓桥作为替罪羊。他指责仓桥，说都怪他一棒子将堀田打成了骨折，破坏了整个计划，让仓桥凑钱。

盐山命令仓桥，不管是偷是抢，钱一定要拿出来。仓桥没有办法就去找规士商量。规士这才弄清原委，忠告仓桥说不应该听从盐山的命令，也不要再跟他们交往。

这边盐山已被不良团伙逼得坐立难安。他打算将规士也卷进来，让他跟仓桥一起设法凑钱，于是主张事情都是因规士而起。规士当然没有买账，盐山也尝试了武力逼迫，却导致二人更加逆反。这就是暑假结束后不久，规士和仓桥脸上瘀青的由来。

自那事之后，盐山开始感到规士对自己抱有强烈的反抗情绪。他猜想，接下来就算自己诉诸武力，规士恐怕也不会屈服。于是他又改变计划，避开规士，重新盯上了仓桥一人。

仓桥也注意到这一变化，再去找规士商议对策。就在这时盐山约仓桥见面，本没有收到消息的规士也跟着一起去了。那就是案发前一天，星期六的晚上。

不良团伙已经指定了交钱的期限，盐山眼看着走投无路，就在星期六晚上以游玩为借口约仓桥出来，规士也去了。常常在一起玩的七八个人，变换着场地在电子游艺城和餐馆等处游玩，盐山耐心等待着和仓桥谈话的机会。夜深了，伙伴们逐渐各自回家，规士却并不打算离开。盐山设法留下仓桥让规士先走，没有成功。就这样，大半夜里，只剩下了盐山、若村、仓桥、规士四人。

四个人来到若村祖父经营的工厂。工厂建在户泽郊外的丘陵地区，距离盐山等人打算遗弃仓桥尸体而途中肇事的现场很近。那一带有很多杂木林和田地，和市区相比住家不多。由于是长假期间，就算天亮了也没人去厂里。据说，那群孩子周末在外彻夜游玩时，就常去工厂里的仓库。

就在那里，盐山搬出了钱的话题。他退了一步，说自己也会筹些钱出来。站在盐山一边的若村也支持这个方案。二人还提出了短期内筹钱的犯罪计划。这对仓桥来说仍是极大的负担，他并不打算接受这些计划，表态说不愿再牵扯上无谓的犯罪。有规士在旁边陪着，他不再示弱。

仓桥和规士的主张是无视对方的要求。既然堀田恶意让规士负伤并以此向周围人吹嘘，那么他的伤就算是抵债，不管他本人说什么，以此为由驳斥回去就好。

除此之外，敲诈堀田只是盐山一个人的主意，不良团伙找上门来，也是这一企图落下的把柄所致，盐山有责任了结此事。

钱的问题如何解决？责任究竟在谁？这两个话题纠缠在一起，争论持续至天亮，四人也未达成一致。

拖到星期天早上，若村见解决无望便有些不耐烦，也可能是太过疲惫，就跟仓桥起了小冲突。据说，盐山强调，这是案发的导火索。两个人同年级，情绪上来后谁都不让步。仓桥拿出了小刀，场面一下子紧张起来。

盐山说，他起初一直劝众人冷静。但仓桥的刀使他恐惧，他开始胡乱猜忌，害怕规士也准备了刀，认为自己必须先动手才行。

“我当时就是觉得，必须占据优势才行。”据警方公开的信息，盐山是这样供述的。

他拿起附近一根铁管，因为怀疑规士也持有武器，就朝着他的头打了好几下。他说自己并无杀意，可据调查，他在规士倒地后仍未收手。

仓桥见状也害怕了，盐山和若村二人趁机从他手上夺去刀子，用铁管和夺来的刀，以近乎酷刑的方式对他行凶。

二人做出了无可挽回的事，商量过后决定将尸体埋进山林并开始做准备。白天的时间里，他们用蓝色塑料布包起尸体，将其转移至工厂最靠里的资材堆放站，还清洗了流到仓库地板上的血迹。弃尸需要用到交通工具，他们就挨个儿打电话给有车可借的熟人问。二人都没有驾驶经验，若村因为兴趣而掌握了一些相关知识，于是主动要求开车。他们认为一次处理两具尸体负担太大，决定挨个儿搬运。

在那个时候，二人似乎还没决定要逃亡。他们做那些就是为了不让事情过快暴露。包括回复贵代美的那条消息，也是他们的隐瞒手段之一。

大费周章制订的计划，因为在搬运仓桥遗体时出了事故而功亏一篑。也不知是二人当中的谁，害怕警察凭借手机的微弱信号获得定位，拔出包括自己在内的所有人的 SIM 卡扔掉了。

之后，二人数次换乘地铁逃进了东京市内。盐山在涩谷附近有熟人，说可以让他避一避，但两个人不行，所以就半路跟若村分开了。若村之后好像一直在闹市区的网吧辗转躲避。

听完整件事情最直观的感受就是——规士并没有任何过错。毫无疑问，从一开始就应该相信规士的清白。然而直到盐山和若村落网，规士的遗体发现为止，所有人都被蒙在鼓里，对真相一无所知。

规士和仓桥脸上的瘀青，以及二人在那事之后从商店买了刀具的事，警方似乎早早就掌握了。但是，办案人员就他们买刀的动机产生了分歧。比如还有人提出，也许是二人约定要来一场决斗，这种可能性也无法排除。

在掌握被捕少年交代的证词等决定性证据和发现规士的尸体之前，警方的调查极为慎重。办案方针等相关信息都没有透露给一登等人。此案属于青少年犯罪，可能这些措施也是迫不得已。只是在这段时间里，一登这些涉及案件的家属只能和翻涌在心底的各种情绪搏斗，被周遭的环境肆意摆布。

规士的遗体在被发现的三天后结束了司法解剖，被装在棺材里送回了家。

一登设计这栋房子时，压根儿没考虑过家庭成员化为尸骸的一天。他想过等自己再上些年纪，或许也可以考虑把客厅一角重新装修，铺上榻榻米做个佛坛。如今就连这都没来得及，规士的棺材就摆在了客厅里。

规士的头上缠着绷带，双目安详地合着。遗体的情况接下来只会越来越坏，他们打算当晚就守夜并筹备葬礼。这样一来，五个小时之内就得出家门，在这段时间里和尚来念了经。

一登和贵代美已经停止了错愕和哭泣。身为父母，他们只想慈祥地迎接好不容易回家来的规士。

母亲扶美子和姐姐聪美从春日部赶来，眼泪不住地流淌。曲奇也发出了呜咽的悲鸣。

规士的棺材前，哭得最惨的是雅。

“对不起……哥，对不起……”她一直在道歉，哭个不停。

她害怕规士是凶手，万一是那样，自己的将来就完了。规士与其做个罪犯，还不如成为被害人——自事发之后，有段时间雅一直这样想，一登从她不经意吐露的话语里也能听出来。

一登不认为那就是她的真心，不过她当时只考虑自己的想法确实很强烈。而当规士无言地回到家里，她再无法以当初的心态去面对眼前的事实。只有规士作为凶手被捕，才能保证她的想法具备正当性，这有些讽刺。

面对哭泣忏悔的雅，贵代美表现得很温柔。自见到规士的遗体后，某些紧绷在贵代美身上的极具攻击性的东西就都脱落了。扶美子和聪美也在安慰着雅。一登当然也没有任何责备她的话语。

雅的未来获救了。可以说，是规士拯救了她的未来。

一登自身也有同样的想法。守夜的灵堂，高山建筑和花冢涂装的老板都现身了。高山深深地鞠躬，就差要下跪。他为在仓桥与志彦葬礼上的过失请罪，并沉痛地表示了哀悼。至于花冢，则眼含着泪花紧紧握住了一登的手，他对一登说："你的悲痛我深有体会。"许多有着业务往来的人也前来吊唁，送上缅怀和安慰的话语。岐阜老家的哥哥也赶来了，表情温顺地出席了仪式。

一登的未来获救了。当然，终究还是规士拯救了他。

这更让他感到痛苦。雅的忏悔深深地刺在一登的胸口。

没收他的刀究竟是不是正确的做法？当初自己本应该更慎重地多花点心思。

他也觉得，如果规士同样带了刀去，和仓桥一起拿出来，可能就不是这样的结果了。

不——他又觉得，如果他们二人一开始就没有去买刀，仓桥便不会想到靠刀去震慑对方，那么也就不会使盐山一方受到不必要的刺激，最终也就不会导致这样悲惨的结果。

这是过于客观的看法。很显然他们察觉到了自身面临危险。就说规士，他面对这场纠纷的态度虽然强势，可同时他也告诫女朋友饭冢杏奈短时间内不要跟自己走得太近。这事也牵涉到他和上一级学生堀田的问题，他必然有着不安和恐惧，也害怕自己置身事外的态度并不能使对方买账。不考虑这些因素，只单纯地指责他们获取刀具是错误的选择，这不公平。

想来想去，究竟怎样才是正确的选择，终究没有正确答案。

就连此刻的思考和纠结，其实都是规士赠予的救赎。如若不然，他现在本该更加痛苦。

规士自行拿回了被没收的刀，通过这一行为断绝了父母与此事的关联，在此基础上他又收起了刀，这是他自己的选择。

“无论发生什么，都不是爸妈的错，是我不好。”——这是他通过把刀放回自己的抽屉，给一登他们留下的信息。

守夜的时候也来了许多规士的朋友。

几天前向一登说明了规士受伤前因后果的饭冢杏奈一直在哭，几乎要靠她的女同学们搀扶着。

初中时常来家里玩的仲里凉介也在。有段时间没见，他已有了大人模样。他深深地朝规士鞠了躬，紧咬着嘴唇仿佛在告诉自己绝对不能哭泣。一登听贵代美说了，他一直很替规士担心。听说他对于将规士当作凶手的言论十分愤慨，若是这样的话他的想法应当和一登相近，一样是抱着复杂的心情接受了规士的死亡。

除规士的朋友外，在守夜的仪式结束后，还有一名青年来到一登面前打了招呼。

“我叫宫崎。”他神情落寞地递过名片。

他说自己在户泽车站附近的一家骨科医院工作，主要负责体育选手伤病痊愈后的复健，服务对象还包括因身体机能障碍而行动不便的患者。规士在球队里伤了膝盖之后，曾经为了复健而去过一段时间骨科医院，这一登也知道。

“事情变成这样，真的太遗憾，也太意外了。我不久前才和规士见过面，看见他当时那么精神……”

他说，规士自暑假开始后就不怎么去医院，直到案发的前一周又突然出现了。

“他表示复健还要继续，但自己已经放弃了竞技体育这条路。我对他说，只要刻苦坚持做好复健，一定可以重回赛场。他却说，就算完全恢复了，现在的球队也不那么欢迎他回归了……我替他难过，但他本人的心态似乎已经调整好了，有种很轻松的感觉。

“规士还告诉我说，他虽出于一些人际交往的原因而放弃了足球，但当初他在接受医师的复健指导，得到复健医师鼓励的时候，是抱着将来一定要复出的希望的……他说要好好珍惜这段经历，将来想成为一名复健专家，去帮助那些受伤的体育选手，眼下正打算进行相关方面的学习。

“我听他那样讲，就借了几本自己的书给他。虽然他可能很难读懂，但我想，至少能够让他对这个行业有所了解……”

话说到这里，宫崎咬住了嘴唇，沉默了。

“那些书就在规士的桌上，”在一旁一起听着的贵代美开口道，“谢谢您。我会尽快归还。”

宫崎闻言摇头道：“不用，不必了。”

他的脸颊上流淌着泪水。

“我只是觉得，就在不久前，规士还在畅谈自己的理想，现在却……真的太可惜了……”他的嘴唇在颤抖，勉强说出了这句话。

听了他的话，一登哑口无言。

找到自己喜欢的事，再努力些——在一登看来，规士的生活毫无目的，明知道他不喜欢，却还反复说过好几次类似意思的话。

“我讲的那些你真当耳旁风是吗？你想想，如果你认真地去思考，去面对，未来也将随之改变。”

那一天就是。对着只顾吃饭不吭声的规士，一登觉得，关于未来他一点想法都没有，还这样教育过他。

“你们如果以为只要长大成人，自然就什么都会了，那是大错特错。现在无所事事，将来也只会变成个一无所成的人。”

一登凭借自身阅历说出这样的话，规士却没什么反应。在一登看来，孩子只觉得自己又挨训了，至于内容则根本没听进去。

没想到他其实听得这样彻底。

没想到他其实如此认真地对待了这些建议。

一登的泪水又止不住了。

这是他宝贵的儿子，骨肉相连，一手带大，他们之间的关系更不是这几句话就能概括得了的。

他听了自己的话，听进了心里，打算要跟自己并肩迈步走向未来。

规士的善良、活泼、爽朗——直到失去了他，一登才注意到这些。喜悦在此时已经逝去，每一次这样的发现，只会让悲伤更深。

真希望他能活下来……

规士不是罪犯——一登觉得自己选择相信这一点并没有错。

但选择之后却有着无尽的痛苦。

相信？说起来好听。若再逼问自己，是否真的只是纯粹地相信着自己的儿子，这却使他心中有着近似痛苦的感觉。扪心自问，自己的那些想法里，是否像雅那样掺杂着私欲呢？

这无法否定。

因为规士，一登的未来获救了。

然而，这被拯救了的未来，已然不是未来本该有的模样。

因为规士在家庭中的缺席，未来石川家的客厅将不再明亮，裂痕越发突兀，这儿将成为一个不再温暖的地方。

其他任何人都无法补救。往后的人生中，他们这些尚在人间的家人，或许再不能由衷地笑。笑得越多，内心的孤寂就喷涌得越多。

曾经的自己是否认为，即便未来变成这样，也要保住它？

是否应该像贵代美那样，未来怎样都无所谓，只愿他能活下来？

有时候，自己嘴上说着愿意相信规士这样的漂亮话，其实心里早已动摇了。说什么信不信，终究也只是这点程度而已。

不想破坏眼前所拥有的，不愿面对毁灭——说白了，这恐怕才是自己心里最强烈的意愿。

现在想来自己还算有点救，全因为一点——当自己也觉得规士可能是凶手时，自己对此的态度是，如果事实果真如此便也只能接受。

必须做好心理准备。一登感觉自己更接近贵代美的心境了。

在抽屉里发现规士拿走的那把刀时，心里其实是一片茫然，并没什么喜悦。当时只觉得，自己好不容易才做好了心理准备……这臭小子。

规士可能是凶手。

规士可能已经死了。

一登的心一直在这两种可能、这两种无望的“希望”之间动摇。

哪怕真相已然大白，他也没有风平浪静的感觉。他只有一个想法，那就是全盘接受眼前的现实。经过了种种思考，他选择如此。

守夜的仪式结束，大部分来吊唁的人安静地离去，有些人选择暂时留下，跟一登等家属打完招呼告别后也逐个走了。

剩下的几乎全是家里亲戚，到了差不多已无话可聊的时刻，一登忽地起身走向设在门口的接待台。

助手梅本负责接待，因为一些吊唁的人来得晚了，他还在那里没走。

“有没有哪家的人来了？”一登问梅本。

“没有。”梅本摇头。

“哦……”

如果，盐山或者若村的父亲或母亲来了——就带他们进灵堂，告诉他们，如果愿意的话可以坐最后一排的座位。一登事先这样嘱咐过梅本。

他也觉得应该不会来。

只不过他想好了，如果真来了，那就选择接受。

22

无论前来吊唁的人们投去多么忧伤的目光，遗照里的规士都保持着笑容。

照片来自贵代美的手机。上高中后给他照过几张相，但笑着的并不多。他已经过了那个年纪，父母给照相时不会再笑着摆剪刀手。

也正因为这样，要找出笑容最为舒展的那一张无须过多犹豫。

那是去参加高中入学典礼前，在家门口照的一张。

升高中了，规士心里当然也有着相应的喜悦，但或许害羞的情绪占了上风，跟贵代美等人站一起合照时他总是一副不情不愿、勉强配合的模样。

贵代美心想，至少要照一张带有笑脸的，就从家里牵出曲奇塞到他怀里说："给，它说它也想照。"

"怎么连曲奇都……哎呀，毛都粘到校服上啦！"规士不乐意地抱怨着，无奈手中的曲奇一个劲跟他亲近，不一会儿他终于认输，被逗得笑了出来。

计划顺利，贵代美用手机拍下了那一瞬间的表情。

那时候当然想不到，才半年，照片竟会以这样的方式派上用场。

那一瞬间已成了永恒。

他再也不能展露出新的笑容。

吊唁的人们依依不舍地离去，遗照里的规士仍旧带着笑容。

规士的时间停止了。

贵代美觉得自己的时间也同样停止了。不过那只是错觉。只是凝望规士的遗像，眼泪就静静流淌，就像空气破洞而出。泪水好不容易在脸上风干，很快又如潮水般席卷而来，他的笑容再一次模糊。

贵代美自己的时间就这样流动着。

之所以感觉时间停止了，是因为规士在贵代美心中占据了重要地位。贵代美的心，就是规士长眠的棺木，就是容纳了遗照里笑脸的相框。

“妈妈，稍微休息下吧？”吊唁的人们离去过后，雅对着呆呆地坐在家属席上的贵代美说道。扶美子和聪美先一步去家属休息室休息了。

“谢谢。”嘴上答应了，身体却没有立刻动弹。她已经很累了，累到就连思考自己究竟累不累，都得花上许多时间。

迟迟赶来吊唁的人们也都离去了。

休息吧。贵代美终于有了这个想法，将提包拿到手上。就在那个时候，她顺着包的开口看见手机上显示有电话打进来。

是自由记者内藤重彦。

“我可以去上炷香吗？”

他在电话里表示了对贵代美的关切，然后提出了这个要求。他说自己就在附近。

贵代美昨天就和内藤通过电话。想到身为被害人家属，今后恐怕有许多问题需要处理，她拜托内藤，如果认识好的律师希望可以介绍给自己。

内藤介绍的律师今天就迅速接手了应对媒体的工作。一登只简短跟媒体谈了当下的心情，其余都交给了律师，一家人这才得以避开疯狂的采访攻势，守夜也得以安静地进行。

或许内藤来并非纯粹为了吊唁，不过，贵代美已经答应过他，等事情真相大白之后就接受他的采访。贵代美表示了许可。

内藤走进已然冷清的灵堂，静静点了炷香，双手合十。

随后二人一起来到大厅。一登正在接待处，贵代美简单介绍了内藤。内藤说了几句安慰的话，一登则感谢他介绍律师。

一来一回后，贵代美就和内藤在大厅找了一张长椅，并排坐下。

“不好意思，在您这样劳累的时候……”

“没事。”

在规士究竟是被害人还是凶手尚无法确定的那段时间里，内藤态度冷静，那时候他刻意保持距离，在旁观望，如今这种态度已从他身上消失了。他语气温顺，透露出一种犹豫——尽管是他自己提出要过来，却又不知该如何面对此时的贵代美。

“之前我说，作为向您提供各种消息的条件，希望您接受我采访，”内藤望着从大厅门口就能看到的祭坛开口道，“现在我也不知道这是否合适了。”

“我以为你来就是为了这事呢。”贵代美道。

内藤轻轻点了头：“老实说，我当初也想过，如果规士是凶手就好了。我看出来了，您也希望是这样，虽然我表示说不好祝您心愿成真……”

他说得没错。贵代美没做任何反应。

如果规士成为凶手才意味着规士的存活，那只有接受这一前提。这将招致多少外界的责难？又将使自己付出多大的代价？当然，这些事情她也是越想越觉得恐怖。不过她仍然选择做好心理准备，接受自己的儿子是凶恶的杀人犯这一可能性，甚至祈求事实就是如此。

“只要我还是我自己，这样的现实无论重来多少次，我的选择应该都一样。”

“我曾经想，如果事情真是那样，我就可以没有顾虑地提问了。可能是出于廉价的正义感吧。不过我倒是认为，支撑着这个世界的正是这些东西。我也带着这种观点参与了好多案子的报道。”内藤轻轻点了点头，像是在自我肯定，随后又继续道，“所以这一次我就想先问清楚——规士妈妈，对于凶手，您是否感到愤怒和怨恨？”

他的语气仿佛这个问题连他自己都不大愿意问，也仿佛他已大致猜到了贵代美的回答。

“没有，”这本是个在贵代美心中纠结了无数次的问题，她轻声回答道，“一点都没有。”

“是因为您打算原谅那些凶手？”

“我没有那个打算。”

“那是因为您不愿意憎恨别人？”

“不是……我没有那么高尚的思想，到了这个地步还劝自己原谅或者不去憎恨。”

“您想不想让他们把规士还给自己？”

内藤不断地提出问题，试图勾起贵代美内心的愤怒。

“如果说了就真能还给我，那我当然想说。但现在无论做什么，规士都不可能回来了。”贵代美答道，短促地叹了口气，“我真的……不管我怎么在心里呼唤，就是没有愤怒或者怨恨的情绪出来回应……不好意思让你失望了。”

“哪里。”内藤惶恐地闭上了嘴，随后又提出了一个问题，仿佛这个问题他无论如何都得问出来，“那是不是……因为您曾经希望规士也是凶手，所以受到了这个想法的影响？”

“不知道，”贵代美说，“就像你说的，我只希望规士能活下来，哪怕他是这起案件的凶手都行。至于是不是因为这样我才对那些加害者没有愤怒……又或者我只是单纯地还没反应过来……连我自己都不知道。”

“您的意思是，也可能是因为现在您的一切心思，都只够用来面对规士的去世？”

“嗯。”贵代美附和着，思考了一下又开口道，“不过我感觉就算过段时间，我还是不会有那样的情绪。”

“唉……”内藤略带哀伤地叹息附和。

“规士要是知道了才生气呢，”贵代美略带自嘲地说道，“那孩子本就不可能是罪犯。事实也正是这样，所以那孩子可能也希望我们相信他，可能我也应该那样去相信。但是，我没能做到。”

虽然规士被强横地逼至了两难的境地，他也仍然选择坚持做自己，同时试图帮助朋友。这正是当初贵代美对他的期待——虽然看起来有些死板，但心地善良的规士，将来一定会成为一个好男人。

他是那样一个人，自己却没能相信他，甚至对于一登等选择相信规士的人都冷漠相待。

如果被规士质问起为什么不选择相信，自己也无言以对。贵代美满心悔恨，凝望着大厅最深处规士的遗像。

从长椅这里看，那张脸仍是一片模糊。

她感觉无论如何发挥想象力，规士也只是在她面前保持微笑。

“真是挺艰难的……我无法置身您现在的处境，也不好说什么，”内藤反复思考后说道，“只不过我觉得，没有对他人的憎恨，有的只是自责，这实在太不幸了。我见过许多案子的被害人，一直都这样认为。所以，可以说，我还是希望您多少有一些愤怒的情绪。”

不幸——这个字眼坚决而悄然地融进了贵代美心里。

“我不知道自己和其他类似案件的被害人家属有什么不同，”贵代美说，“但有谁遇上了这种事情还能摆脱不幸？不光是被害人这边，我觉得，包括加害者和他们的亲人，所有人都要面对可怕的不幸。这一点我倒是清楚。这就是犯罪。”

内藤以沉默回应。

“我曾经坚信规士是凶手之一，那时候其实很痛苦。感觉就像在一片漆黑的水里，只能凭空去想象河岸的方向，不停地游。真的太痛苦了……或许只有当规士真的成为凶手，当我得知他还活着的那个瞬间，我才会感到安慰。当然我也知道，痛苦的每一天将随之而来，我恐怕也将因此而崩溃。”

贵代美静静注视着残留在心底的那一份痛苦。慢慢地，她感觉规士就站在自己身边，正跟自己一起看。

他明白。她想。

遗像里的他笑容依旧。

他明白，所以他才没有责怪贵代美。

贵代美轻咬着不住颤抖的嘴唇，继续说道：“我……是规士帮了我。”

这样的想法，是否也算不幸？

贵代美不知道。

内藤不再说话了。

沉默在荡漾。

译后记

无情的旁观者，有情的推理

埼玉县户泽市，汽车后备厢里发现一具少年的尸体。石川一登在当地经营一家建筑设计工作室，他得知行踪不明的儿子规士或与此案有关。规士是凶手还是被害人？若他是凶手，全家人都将因此坠入深渊，失去学业、工作、正常的生活；若他是被害人，则意味着失去一个孩子。本书描写了一个摇摆在两种“希望”间的家庭，讲述了一段极端的家人亲情……

不难看出，当一家人被迫在这两种“希望”之间选择其一时，所谓完美的结局就已然不存在了。无论是全家人生活的破碎还是规士一人失去生命，对这个家庭来说都是无法承受的打击。石川夫妇做出了不同的选择——身为父亲的一登不愿承认自己的教育失败，而因此前途尽失更是整个家庭和他个人所无法接受的，所以他选择相信儿子的正义感，儿子不可能杀人；身为母亲的贵代美把两个孩子拉扯大，可以说孩子已经是她生命的一部分，母爱使她寄希望于规士还活着，哪怕前途黑暗，只要儿子还活着就好。

因此本书最大的悬念归结在：规士究竟是凶手还是被害人？

若是追求技巧的推理小说，应该着重描写警方层层解谜、抽丝剥茧的过程，最终谜题解开，真相大白。而本书的最大特点在于，它站在了技巧的对立面，剖析的是人心。谜题的答案并未被刻意追究，反而成为人心的迷雾被拨开后，一个顺理成章的结局。本文将尝试在避免涉及小说主线情节的前提下，选取一些事件背景和主要人物做分析，以呈现雫井脩介在情感及人物刻画上的独到之处，以及作品中的现实投影，以增添阅读的乐趣。

围绕着规士的生死及相应利害，书中构建了若干层面的关系，注意到这些可以帮助我们更好地去解读和理解这个家庭。

首先是社会层面。儿子若是杀人凶手，父母难辞其咎，丢掉工作已是最轻的后果，甚至还要为此背井离乡，跌入社会底层；妹妹在学校抬不起头，失去朋友甚至可能遭受霸凌。正如小说中所写，当规士成为凶手的可能性逐渐增大，身为父亲的一登首先想到的是事业前景的一片黑暗，十几年来的奋斗成为泡影，而身为母亲的贵代美仿佛听见了“平凡的日子轰然坍塌的声音”，她知道“人生从今天起即将全盘改变了”——眼前的安宁被粉碎，是任何人都不想经历的事。

其次是家庭层面。身为建筑师的一登专注于事业，支撑着经济；母亲贵代美一边在家办公，一边照顾家庭，会在最短时间里备好营养均衡且丰富的饭菜，还会关注所有家庭成员的各种需求，诸如血压高的丈夫要吃什么，孩子上什么学校、跟谁玩儿，给他们多少零花钱，等等。对于一手带大两个孩子的贵代美来说，儿子的死不仅仅是情感上的毁灭性打击，更相当于否定了她过去十几年付出的时间和心血。同样，自认为在行为和思想上是孩子们的灯塔的一登，一样无法接受教育失败的结局。

另外，在社会层面和家庭层面之间，还暗藏了家族层面，双方共同面对的难题。一方面，家族是更大的家庭，孩子的死无疑会带来情感上的打击；另一方面，家族和家庭之间还存在一种认可和评判的关系——家庭成功与否，直接影响到家族对其接纳与否。如果孩子成了杀人凶手，这无疑是一个家庭最大的失败。一登和贵代美有着共通之处，那就是在新生家庭和原生家庭之间，他们追求前者并为之自豪，他们在潜意识中渴求超越后者。小说对此有隐约的暗示，例如一登对父亲和哥哥死板的行事风格的厌恶，对家乡的否定；贵代美对记忆中幼时的贫穷苦难，以及对姐姐个人生活一定程度上的不认可等。而规士成为杀人凶手的那一刻，就宣告了他们与原生家庭对立的失败。他们将不得不面对家族对自己的否定而无从抵抗。诸如一登的哥哥禁止一登回家扫墓，贵代美不得不接受婚姻失败的姐姐对自己的家庭生活评头论足等。

通过对上述三层关系的分析可以很明显地看出，无论是出于社会、家庭还是家族层面的考量，面对凶案已然发生且儿子卷入其中的境况，相较于规士成为被害人死去，规士成为凶手活下来似乎更将带来毁灭性的打击，家人所付出的代价也更大。

雫井脩介的心理描写就像审判，细腻精准，残酷无情。

在不露声色的讲述中，读者已不知不觉摆好心中砝码，天平在种种利弊权衡下倾斜，似乎规士就应该作为一个好人死去，虽令人悲痛，却是最好的结局。这正是旁观者的可怕之处——“旁观者清”是一个对置身事中者并不友好的词，因为很多时候，“清”就意味着摒弃个人情感，站在第三者的角度以最纯粹的利弊关系做出衡量。作者正是通过其平淡而冰冷的笔触，成功地让读者代入了“旁观者”的立场，让读者能深刻体会到故事中的矛盾和情感的碰撞。因为这时候，母亲贵代美希望儿子活下来和父亲一登坚信儿子不可能杀人的立场对立，感性和理性的冲突就更加戏剧化了。

那么就让我们站在旁观者的角度，重新审视这个家庭里的两层重要关系。

一登和贵代美的对立，是这篇小说着力刻画的核心。表面看来，他们的矛盾源于对规士一事的迥异观点：一登所代表的是道义价值观，即父母相信或者倾向于信任子女，尽可能地维护家庭，不可背离社会；贵代美则更多受感性驱使，哪怕背负凶手的骂名，哪怕是以他人的生命为代价，她只是一个不希望失去孩子的母亲。

同时，作者还隐晦地写出了二人在另一层面的对立——在男主外女主内的家庭构造仍为主流的日本社会体系里，丈夫和妻子间的某种微妙关系。小说中的贵代美原是出版社编辑，婚后放弃职业生涯成为专职主妇，同时以个人名义接一些校对稿件的零散工作。生活安详宁静时，这可看作是一种兼顾了职业生涯和家庭生活的良好状态。用贵代美自己的话说，可以在家工作是奢侈的，“既可以恰好地享受生活，又能够继续工作”。

可规士的意外打破了祥和的局面。一个巨大的风险摆在了这个家庭面前，一登为之努力了二十多年的职业生涯可能就此毁于一旦。在又一场关于规士究竟是死是活的争吵后，二人的矛盾完全激化，冷战开始，而坚持按时完成手头工作，就是贵代美唯一表示抗议的方式。这也是最有力的方式，因为一登的事业注定毁灭，她已下定决心，“往后自己还必须在经济方面支撑这个家”。一登也理解了贵代美的这种态度，他猜测贵代美已“自顾自地握紧了生活的船舵，打算扬帆起航了”。然而讽刺的是，一登无法接受家庭的这种未来，理由是这完全忽略了自己的立场。在一登看来，失去了事业就相当于失去了自身价值，而“男人在社会上失去了存在价值，就等同于在家庭里失去了存在价值”。他却没有想过，这正是一直以来妻子所处的境遇。

简简单单几句对话，几个人物内心活动，展开了夫妇间的另一层关系。这是建立在男主外女主内基础之上、藏匿在和睦的家庭关系之下的对立，而这种对立又让规士的生死更为重要——它将直接决定家庭里未来的主导者。同时，这也为双方在儿子生死问题上的对立增添了新的意味。一登坚持认为儿子不可能是凶手，是否纯粹出于道义价值观？贵代美又是否仅仅出于对家庭的呵护？面对这一层关系，旁观者又该如何去“清”，天平又该偏向哪一边？

除了表层之下的夫妻关系，父母和规士间的关系也是值得探讨的一点。谈及此，书中有一处小小的细节，可为观察父母与规士的关系提供线索。规士因为一次比赛而受了重伤，出院后，他不得不退出足球队并进行了一段时间的复健训练，桌上也因此多出了一本相关的书籍。规士失踪后，一登和贵代美都曾进入过规士的房间并发现了这本书。二者对于此书的反应也呈现分歧。贵代美认为，这是规士为了尽快重新开始竞技生涯而做出的尝试，并因此而感到心痛；一登则认为，这是规士急于改变现状的表现，或许“这最终导致他走上了歪路”，他由此而感到徒劳和悔恨，因为“自己苦口婆心说了那么多，最终都是无果的努力”。

规士在整部小说中几乎都处于被观察和被评判的位置。而他本人究竟是个怎样的孩子呢？是妈妈眼中温柔懂事爱照顾人的“会成为一个好男人”的孩子？还是残酷地打断同学的腿，最后因内讧而杀人，出卖伙伴的冷血青年？站在规士本人的层面来说，他究竟做出了怎样的选择——是作为被害人死去，还是作为凶手活下来——包括上述那本书在内，他是如何做出了种种选择，他面临过怎样的矛盾又如何解决，这些都是直到最后一刻才揭开的谜底。而作者的巧妙之处在于，经过浓重的情感铺垫，谜底的揭开反而成为前奏，种种死结在那一刻终于解开，情绪的浪潮席卷而来。

通过《希望》这部作品，我对推理小说有了新的认识。有时候需要推理的并非难解的谜题、复杂的凶案，究其根源都是陷入困局时人的情感。感情，最难推理。雫井脩介，一位推理人心的作家。他笔下的人物和情感极具现实意味，仿佛就存在于我们身边，甚至就是我们自己和自己的情感。不知不觉，更加使读者牵挂的似乎已不是案件真相如何，而是故事中人物最终会做出怎样的选择了。

代珂